AF548218

EL HUERTO DE EMERSON

Obras de Luis Landero en Maxi

Juegos de la edad tardía
Retrato de un hombre inmaduro
Caballeros de fortuna
Absolución
El balcón en invierno
La vida negociable
El guitarrista
El mágico aprendiz
Lluvia fina
Entre líneas: el cuento o la vida

LUIS LANDERO
EL HUERTO DE EMERSON

Certificado PEFC

Este libro procede de bosques gestionados de forma sostenible y fuentes controladas

www.pefc.es

1.ª edición en colección Andanzas: febrero de 2021
1.ª edición en colección Maxi: septiembre de 2022

Adaptación de la cubierta: Maxi Tusquets / Área Editorial Grupo Planeta

Ilustración de la cubierta: © Lisa Holloway / Trevillion Images

Fotografía del autor: © Itziar Guzmán / Tusquets Editores

Diseño de la colección: FERRATERCAMPINSMORALES

ISBN: 978-84-1107-153-6
Depósito legal: B. 13.345-2022
Impresión y encuadernación: CPI Black Print
Printed in Spain - Impreso en España

Índice

A Luis y a Nisrin.
Y a Diego, la joven ardilla,
del viejo zorro del desierto.

1
Tiempo de vendimia

Tengo un cuaderno nuevo y no sé en qué gastarlo. Es invierno, ya ha oscurecido, hace mucho frío y afuera resuena el temporal. Yo me he arrimado a este cuaderno como el mendigo al calorcillo de la lumbre. Por el momento no sé qué escribir, es cierto, pero eso importa poco. Cuando uno no sabe qué escribir, cuando la imaginación flaquea, cuando el alma se apaga y se embrutecen los sentidos, y cuando aun así uno siente la necesidad de escribir, siempre queda la posibilidad de abandonarse a los recuerdos. En nuestro pasado está todo cuanto necesitamos para encender el fuego de la inspiración. Hasta la fantasía tiene su casa en la memoria. No escribas lo que sientes, escribe lo que recuerdas y dirás la verdad, como decía no recuerdo quién. Así que no hay más que salir a pasear por el bosque del tiempo ya vivido, sin otro rumbo que el azar. No buscas nada, no vas a ningún sitio. Y sin embargo de vez en cuando encuentras una seta, un lazo del pelo, un nido de perdiz. Una moneda de oro. Todo, todo está en el fardo de la vida. Recojamos, pues, nuestros propios despojos como el mejor botín ganado en buena guerra.

Pero ocurre que yo he contado ya casi todo mi pasado. Casi toda mi vida está ya vendimiada. Vendimié mi infancia y mi adolescencia, fui enamorado y guitarrista, y esos años también los vendimié, vendimié mi estancia en París, a mi padre lo he vendimiado qué sé yo la de veces, y a las bellas muchachas de mi pueblo y mi barrio, y mi vida de profesor y de escritor y de lector, y muchas cosas más, porque a veces da la sensación de que la vida es breve, sí, pero en cambio la memoria de lo vivido no se acaba nunca.

En esa vendimia han entrado también, cómo no, los libros que he leído y he incorporado al torrente de mi sangre, y que, ya leídos, son libros vividos, y que por tanto forman parte de mis experiencias personales e intransferibles. Lo que miro, lo que me cuentan, lo que siento, lo que leo y lo que escucho, todo eso y más va a parar a las alforjas sin fondo de la memoria, que todo lo guarda y todo le conviene, y donde el olvido va luego seleccionando, depurando, quitando y poniendo, cocinándolo a su gusto según una alquimia que solo ellos, el olvido y la memoria, conocen, y que nadie ha conseguido descubrir aún.

Siempre he encontrado en mi pasado la chispa de la imaginación para idear personajes e historias que son ajenos ya a mi vida, que son pura invención, y que sin embargo han brotado de la tierra siempre fértil de la memoria. Porque el viaje al pasado tiene mucho de mágico, y en sus remotos y azarosos parajes habitan sin duda las sirenas, la tierra de Jauja, El Dorado, la posibilidad cierta del unicornio, y todas las maravillas que existen en lo más hondo de nuestro corazón, pero que se quedaron sin vivir. No otra cosa hace Alonso Quijano sino ir en busca de un tiempo donde —según leyendas autorizadas por el corazón y legitimadas por la nostalgia de su pérdida— hubo prodigios a diario, aventuras sin cuento, sueños realizados, nobles valores que sucumbieron al azote de los malandrines y gigantes, que es tanto como decir de la vulgar e injusta y odiosa realidad. Contra las indigencias de la realidad va don Quijote, y a la busca del tiempo perdido.

Pero quizá el jardín de mi memoria se ha marchitado ya, como dice un personaje de Pamuk, y ya no me queda sino hacer como aquellas mujeres que iban a la rebusca de espigas, uvas o aceitunas después de la recolección. A rebañar las sobras del banquete. Pero no: basta ponerse en marcha e iniciar la aventura para comprobar que la memoria, como la imaginación, es un pozo sin fondo. Y eso es lo que quiero hacer en mi cuaderno nuevo, salir a los caminos en busca de prodigios. Siempre he planeado mucho mis libros, pero esta vez quiero que el libro se vaya haciendo solo, y que él solo vaya tomando la forma que mejor le parezca. No pensar demasiado sino dejarse llevar por el fluir de la escritura. Ya se encargará la lengua, con su infinita fantasía, de rejuvenecer tus viejas viñas. Al calor de las palabras, todo de pronto parece nuevo y recién inventado. Así ha sido siempre. Por mucho que idees y que imagines y proyectes, hasta que no está escrito no sabes de verdad lo que has ideado, imaginado y proyectado. No sé cómo engarzaré los lances y episodios que vayan surgiendo en el camino: la escritura me lo dirá. A veces el quiebro de una frase vale más que la luminosa geometría de un algoritmo narrativo.

Confía en el lenguaje, me digo, ese sutil ejército capaz de descubrir y conquistar las más ignotas tierras, de hacer reales y tangibles hasta los mismos espejismos. Deja que las palabras fluyan, no las obligues ni aún menos las maltrates, haz con maña y dulzura tu oficio de pastor, y deja que ellas busquen los mejores pastos, que hagan sonar sus esquilas a su ritmo y manera. Tú cuida solo de que no se desmanden. Guíalas y déjate guiar por ellas, porque eres su pastor y también su sirviente.

Qué bien se desliza la pluma por mi cuaderno nuevo. Qué gusto da escribir, qué alegría, notar el llenor de las palabras, los viejos sones de su música, el gozo casi físico que uno siente cuando consigue convocar en unas líneas a los cinco sentidos, o cuando alcanza el sencillo y extremado arte de la precisión, de un solo tiro abatir limpiamente la pieza. La lascivia de la exactitud. Cuando parece que la palabra quiere comerle el terreno a la cosa. ¿Y cómo se logra eso, darle a la palabra esa textura física? Gran misterio es este. Porque no se trata de abundancia verbal. Yo he sentido más y mejor ese placer estético y esa voluptuosidad de las palabras leyendo la desnuda y exacta prosa del Lazarillo que la de autores opulentos, de una exuberancia que parece hecha expresamente para llenar y saturar los sentidos del lector. No hay quizá mayor logro literario que conseguir que un sustantivo adquiera toda la mágica potencia que tuvo en sus orígenes.

Pero aunque nada es más deplorable en estas artes que la imprecisión, nada es más grato al mismo tiempo que perderse en divagaciones, como Montaigne o como Shakespeare, o burlar a la razón con sus propias armas, tramitando las más disparatadas fantasías en la más impecable factura sintáctica, con una expresión tan razonable y tan rotunda, tan ilusoriamente exacta, que nada puede oponerse a la fatalidad de su rigor. Kafka, por ejemplo, que con su lenguaje clásico, preciso e impasible —tal Buster Keaton haciendo locuras con su cara de póquer—, y uniendo y confundiendo así lo lógico y lo absurdo, nos cuenta las más inquietantes pesadillas del humano existir, inventando de paso un modo de humor desconocido hasta esas fechas. Cuando el fondo va por un lado y la forma por otra, nos sale la risa agria e infantil propia de nuestra época. Qué inmenso poder tiene el lenguaje, creador de realidades que, cuando fraguan, resultan más fuertes y perdurables que la propia realidad objetiva. Qué belleza y qué horror puede haber en cada palabra que uno piensa o pronuncia o escribe.

Sí, es un gusto escribir. Uno se siente como niño con cuaderno nuevo. Un gusto y un vértigo. Alguna vez que he hablado con aspirantes a escritores, les he dicho que escribir un libro es la cosa más natural del mundo. Creedme. Basta levantarse una mañana con ganas de hacerlo, fe ciega en uno mismo y amor innegociable a la libertad, porque la voluntad, la fe y la libertad nos harán fuertes y audaces, y con eso ya tenemos andado un trecho del camino. Si por casualidad nos topamos con un espejo, nos miraremos en él y diremos: «Ese soy yo», y adoptaremos la pose clásica del forzudo de circo, para ver hasta qué punto somos ridículos y hasta qué punto vigorosos. Luego llegará sin duda hasta nosotros un canto de sirenas invitándonos a posponer la escritura y a sumarnos al festín de la vida. Las escucharemos, por qué no, y con el eco del cántico en la oreja sacaremos un folio, nos sentaremos ante él, nos rodearemos de los útiles propios de nuestro oficio, nos concentraremos en algo concreto, elevaremos nuestra plegaria al señor de la invención y la gramática y esperaremos a que llegue la inspiración, que casi siempre acaba llegando por el lado de lo concreto. En ese trance, hay que olvidarse de todo cuanto hemos escrito y leído antes. Pasa como con los amores, que siempre son de estreno. Lo mismo ahora: todo está por decir. Nuestro propio pasado también es hoy de estreno. Y ahí seguiremos, profundamente ensimismados, hasta lograr escribir una buena primera frase. Y ahora sí, ahora ya podemos respirar hondo y resoplar satisfechos, ufanos, porque, como quien dice, el libro ya está hecho.

El resto es tozudez y maña. Extraes un hilo de la primera frase, tiras de él y tejes la segunda, soplas sobre las ascuas de la segunda y con esa pequeña candela enciendes la tercera, luego tomas una palabra de la tercera, la frotas, a ver qué sale, por si fuese una palabra mágica y escondiera un genio en su interior, a la cuarta le pones alas y la echas a volar, y en cuanto a la quinta, a lo mejor esa llega sola, despistada, como caída de un guindo, o bien se presenta voluntaria, y hasta es posible que venga acompañada de otra, y así, poco a poco, puede ocurrir que, como las moscas a la carroña, acudan de pronto muchas más, muchísimas más, y ese es un momento peligroso, como si se nos mete un virus en el ordenador o nos vuelven a cantar las sirenas, y entonces habrá que poner orden, sacar el látigo y expulsar del templo a tanto fariseo, y ese es también otro momento de gozo, porque cuando uno empieza a tachar es que la cosa marcha, hay un rumbo, hay un criterio, y no digamos si luego te atascas y no sabes qué hacer, no se te ocurre nada, sufres, te obsesionas, estás a punto ya de abandonar, pero tu tozudez te anima a persistir y a seguir empujando la piedra monte arriba: ahora ya puedes decir que eres un escritor de verdad, logres o no tu intento.

Escribo ahora en mi cuaderno: «El arte habla en el lenguaje ingenuo e infantil de la intuición, no en el abstracto y serio de la reflexión». Esto lo dice Schopenhauer, y así quisiera escribir yo, con el asombro del niño para el que todo en el mundo está por descubrir y por decir, pero también con la experiencia, las habilidades y la sabiduría que me han dado los años. Quiero que el niño y el sabio, la cigarra y la hormiga, escriban a compás. Y si he de escribir filosofando, que nunca la razón cante más alto que el corazón: a dúo, siempre a dúo. Y me acuerdo de Heródoto, que en su Libro I cuenta que los antiguos persas discutían los asuntos más importantes en estado de embriaguez, y al día siguiente volvían a discutirlos en estado de sobriedad, o al revés. Si en ambos casos estaban de acuerdo, cerraban el trato, y si no, renunciaban a él. No de otra forma me gustaría escribir a mí en este cuaderno, pero no ebrio unas veces y otras sobrio, sino ambas cosas a la vez. En fin, eso que desde siempre, a falta de mejor palabra, hemos llamado inspiración.

2
El viento en la vela

Una mañana de octubre de 2016 fui a visitar la tumba de mis padres. Siempre habíamos ido juntos, mi madre y yo, y era ella la que se conocía el camino y me lo iba indicando con frases breves y precisas: «A la izquierda», «Todo derecho», «Métete por aquí». Pero ahora mi madre había muerto y por primera vez fui solo, con la atolondrada convicción de que, recordando sus palabras, guiado por ella, por su voz aún reciente, encontraría fácilmente el camino. Pero no. Dos o tres veces me había parecido reconocer el pequeño entorno de tumbas que me era familiar, y me había bajado del coche y había deambulado entre ellas con el ramo de flores en la mano, indeciso, yendo y viniendo, buscando alguna señal que me orientase en aquel laberinto, en esa inmensa ciudad de muertos que es la Almudena de Madrid. Luego volvía al coche y seguía dando vueltas, y hasta regresé a la entrada para intentar reconstruir el itinerario, a ver si esta vez acertaba a recordar con exactitud las instrucciones de mi madre. Pero todo fue en vano.

Finalmente, ya perdida la fe, detuve el coche en cualquier parte, extraviado por completo. Ni siquiera sabía ahora dónde quedaba la salida. Tantas veces, desde hacía tantos años, mi madre me había llevado con ella a tantos sitios, y tantas veces había resuelto mis pequeños problemas, incluso los que parecían no tener solución, que por primera vez tuve un sentimiento pleno de orfandad. Allí estaba, pues, con las manos todavía en el volante y la vista perdida, apelmazada en el mero vacío. Inevitablemente, pensé en lo ilusorio del tiempo, ese tejido inconsútil que te abriga con el mismo hilado con que tejen las Parcas, en el pasado, en lo raro y absurdo que es este oficio de vivir. Pensé, con los clásicos, que si tenemos clara conciencia de nuestra insignificancia, ese oficio puede llegar a sernos grato. Oí, con la imaginación en carne viva, el rumor de las palabras que vienen rodando a través de los siglos, y que todos los muertos pronunciaron alguna vez. Palabras que han intervenido en todos los sueños y en todas las controversias y alegres coloquios al fresco o a la lumbre, y que ahí siguen, disponibles, ni nuevas ni viejas, palabras que nos sobrevivirán y hablarán por nosotros cuando hayamos muerto. Es bueno pensar esto para no hablar en vano. Pensé en la multitud de gente que había conocido a lo largo de mi vida, y sobre todo en los que ya habían muerto, sus caras, sus nombres, sus voces, sus ilusiones rotas. Pensé también en las mías, en mis ilusiones perdidas, y en cómo las ilusiones que se pierden no suelen ser reemplazadas por otras. Son solo eso: vacíos, huecos, magníficos edificios en ruinas, jardines de ayer donde hoy solo crecen hierbas sin ley, amargas flores sin aroma. Pensé en cómo mi mundo propio e irrepetible, con su infinita minucia de sucesos, al que a última hora vendría a agregarse el de la muerte, se perdería conmigo, igual que se perdió el de mis padres y el de todos los muertos que ahora me rodeaban. Algo único y prodigioso muere irreparablemente con cada uno de nosotros. El pensamiento, que tanto gusta de burlas y desmanes, él y no yo propiamente, pensó por un momento en la gloria literaria, en la loca esperanza de pervivir más allá de las tapias que cercan a los muertos por obra y magia de unas palabras puestas sobre un papel.

Volví al presente. En el asiento del copiloto, en el mismo lugar donde ella me había acompañado tantas veces, el ramo de flores parecía velar la ausencia de mi madre. ¿Y qué iba a hacer ahora con las flores? Eran blancas, y la florista las había guarnecido con un poco de verde. Una mujer discreta y a la altura de las circunstancias. Una profesional. «¿Le pongo un poco de verde, caballero?»

Bajé del coche dispuesto a dejarlas en la primera tumba que encontrase. Allí mismo, a la sombra de un pequeño ciprés, había una tumba sucia y abandonada, cubierta de fusca, la piedra caliza picada de negro y roída por el olvido y por el tiempo. Miré alrededor. No se veía a nadie, y solo se oía el canto de algún pájaro. Dejé el ramo en la lápida, sobre los restos de hojarasca y, con permiso del muerto —se llamaba Eugenio y había muerto en 1963—, me senté a los pies de la tumba. Me sentía abrumado por la perspectiva de una mañana ociosa, interminable. Yo atravesaba entonces una mala racha. Carecía de proyectos, ni siquiera visitar a un amigo o comprar algo, una prenda de ropa, unas conservas: nada. Todo me salía mal y era incapaz de escribir una línea. El señor de la gramática y de la invención no atendía mis plegarias. Siempre estaba de mal humor, encenagado en la pereza, el alma abotargada, el cuerpo gordo y feo, y en noches de desvelo pensaba y sentía que no solo estaba acabado como escritor sino que toda mi vida estaba echada ya a perder.

Pero tantas veces había hecho sobre mí esas enmiendas a la totalidad, que desconfiaba de ellas, y en el fondo sabía que todo es cuestión de esperar y que, en algún momento, con el fluir de la marea, llegaría otra vez la hora de partir con buenos vientos y hacia nuevos rumbos, como nos enseña Antonio Machado en versos memorables. Recordé esos versos y, ya puestos, intenté recordar los buenos consejos que me doy a mí mismo en esos casos de abatimiento y apatía. «Confía en ti», me dije. «No codicies los frutos ajenos. Acuérdate de Emerson y labora en tu huerto sin angustia ni prisas. Sobre todo sin prisas. Estás enfermo de impaciencia, ya te lo decían en la infancia. No te disperses, concéntrate, embrida el pensamiento, no saltes de una cosa a otra, dejando todo a medio pensar. No puedes ir por el mundo como si zapearas en la televisión. De ahí te vienen tus males, de la inseguridad y de la prisa. Eres como Woyzeck, y me imaginé a mí mismo convertido en títere de teatro. ¡Eh, Woyzeck!, ¿por qué vas siempre tan deprisa? Para un poco, hombre. Vas por el mundo como una navaja de barbero abierta; uno se corta a tu paso. ¿Por qué corres tanto?, ¿adónde vas?, ¿de qué huyes?»

«Vamos, no hagas una tragedia de un sainete», me dije. «Mira alrededor. Todo está por pensar y tú no piensas, todo por observar y tú no observas. Las cosas no te hablan porque tú no te paras a escucharlas. Tienes que volver a encontrar tu ritmo. Acuérdate de Nietzsche. Todo tiene su ritmo, también los ríos, el Ganges va a su ritmo, el Danubio al suyo, y lo mismo la música, acuérdate de cuando tocabas la guitarra. Hay que vivir a compás. Pero tú, como dicen los flamencos, a las dos por tres te desparramas y te pierdes. Sin darte cuenta, como cuando conduces y de pronto descubres que vas corriendo como un demonio, como Woyzeck, como si fuesen a ahorcarte en un cuarto de hora... Y el alma se aturde con la velocidad. No es que los paisajes de antes fuesen más hermosos y dignos de contemplación que los de ahora, sino que ahora los cruzas más deprisa que entonces. ¡Ánimo, ánimo! Respira hondo y a compás y no te disperses, fija la mirada y el pensamiento en una única cosa y concentra en ella las potencias del alma y los cinco sentidos, sin prisas, sin agobio, y ya verás como las cosas vuelven a hablarte y a decirte sus más hondos secretos...»

Un ruido vino a sacarme de mi ensoñación. No lejos de allí vi a una mujer que se atareaba con un cubo de agua, atravesando a buen paso una calle para ir de la fuente a la tumba. Diligente, abstraída, servidora leal. Un buen rato estuve observando su tarea sencilla, esmerada, eficaz. Recordé que, cuando venía con mi madre a visitar la tumba de mi padre y la que en pocos años sería también la suya, ella se dedicaba, más que a recogerse en el recuerdo, a inspeccionar los daños que hubieran podido causar las lluvias y los hielos, y cada algún tiempo mandaba repararlos. Una vez mandó cementar los bordes de la base, corroídos y hasta ahuecados por la intemperie y por el tiempo. «Por esos agujeros se meten las culebras», dijo. «¿Qué culebras?» «¡Uy! ¿Es que tú no sabes que los cementerios están todos llenos de culebras?»

«Aprende de ellas», me dije. «Aprende a cuidar las cosas, y a cuidar también de ti mismo.» Me sentí ligero y reconfortado. Más animoso ya, más sereno, más insignificante, y quizá algo más sabio, subí al coche, y solo entonces vi que lo verde se había soltado del ramo y estaba aún en el asiento. Volví adonde Eugenio y, a dos pasos de la tumba, lo tiré sobre el ramo de flores. Pero erré el tiro, y el despojo quedó colgado de la cruz de mala manera, y yo no supe si interpretar aquella señal como el desenlace cómico y benévolo que pedía la historia o como la ironía trágica que venía a confirmar el desdén de la naturaleza y de los dioses por el destino de los hombres. «Lo siento, amigo.»

Ya de regreso a casa, mientras conducía, me entró la risa escuchando la voz censora de mi madre: «¡Mira que no encontrar el sitio!, ¡qué tonto eres!, ¡qué lástima de ramo!». Y hasta me imaginé que el Día de los Difuntos un familiar de Eugenio iba a visitarlo y se encontraba las flores todavía frescas, llamadas telefónicas, yo no he sido, pues yo tampoco, conjeturas graciosas o esquinadas, misterio grande aquel, digno sin duda de enriquecer con ese hermoso toque gótico el anecdotario familiar.

Sí, ya fluía la marea, ya soplaba el viento sobre la vela, ya el oficio de vivir me era grato de nuevo.

(CONSEJOS)

Sabe esperar, aguarda que la marea fluya
—así en la costa un barco— sin que el partir te inquiete.
Todo el que aguarda sabe que la victoria es suya;
porque la vida es larga y el arte es un juguete.
Y si la vida es corta
y no llega la mar a tu galera,
aguarda sin partir y siempre espera,
que el arte es largo y, además, no importa.

ANTONIO MACHADO

3
Un hombre sin oficio

Yo soy un hombre sin oficio. Ahora que ya soy viejo como los viejos tan sabios y respetados de mi infancia, puedo decirlo y anotarlo en mi cuaderno con autoridad y sin reparos. Carezco de un repertorio de conocimientos sólidos sobre algo concreto, no domino un arte o una técnica, y aunque a veces puede parecer que sé mucho o que al menos hablo como experto, en el fondo todo son vaguedades, palabrería, filfa y apariencia, con algunos relumbrones que crean la ilusión de un vasto saber apenas entrevisto. A mí me pasa como a un barrendero al que un día le pregunté qué tal le iba en su oficio. «¿Oficio?», dijo él, con asombrada y amarga cara de desprecio. «Esto no es un oficio. Aquí no hay nada que aprender. Aquí no se mejora. Aquí a los pocos días cualquiera barre igual que uno que lleva barriendo veinte años. Oficio bonito, el de albañil o el de mecánico. Pero ¿este? ¡Bah! Para esto solo sirve el que no vale para nada.»

Secretamente, me sentí identificado con él. Salvo cuando fui guitarrista, también yo me considero un hombre sin oficio, con solo algunas habilidades difusas que me han permitido ganarme la vida y encontrar un lugar en el mundo. Desde siempre, yo he admirado a quienes tienen y dominan una profesión y la desempeñan con esmero y con gusto.

Esa admiración me viene ya de niño. Mi abuelo Luis tenía una caja de herramientas, que es lo que yo más admiraba y codiciaba de todo lo suyo. No su escopeta de caza ni sus hurones, ni su atarraya o su trasmallo, ni su máquina para hacer cartuchos, ni su viña ni su olivar, sino su caja de herramientas. Tenía solo lo básico y apenas la usaba, y únicamente para lo basto, porque para lo fino era poco mañoso. En cuanto pude, como signo de emancipación, también yo me compré mi propia caja de herramientas, de tres pisos y con todo tipo de fantasías del bricolaje, y ahí está, para cuando hay que apretar un tornillo, colgar un cuadro y poco más.

Hace poco vino a casa un operario que es sobre todo albañil, pero que también sabe mucho de carpintería, de electricidad, de fontanería, de pintura, del metal, del parqué, de todo. Vino a arreglarnos una pared del baño, que tenía los baldosines abombados y medio sueltos, y después de dar con los nudillos en la pared y de comprobar que sonaba a hueco, dijo, entre otras cosas, que la vida de la argamasa depende de si se usa arena de miga o arena brava. Luego anduvo por otras habitaciones, a ver qué mejoras podían hacerse, y daba gusto oírlo hablar con tanta exactitud y propiedad. Si yo supiese lo que sabe este hombre, pensé, iría por el mundo observando y comprendiendo muchas cosas en las que ahora ni reparo. Saldría a pasear por el mero placer de ver cómo están hechas las cosas, aparejados los muros, alzados y sostenidos los voladizos, forjados los metales, dónde la arena brava y dónde la de miga, el cómo y el porqué de las acometidas del agua, del cableado de la electricidad, y de otras muchas cosas que desconozco o que no sé nombrar.

Aficiones, eso sí, he cultivado muchas. Durante años, por ejemplo, fui pescador de caña de aguas dulces, y algo llegué a saber de sedales, anzuelos, cebos y demás, pero nunca aprendí a lancear con mosca ni menos aún con cola de rata, ni otros refinamientos propios de ese oficio, sino que me quedé en la lombriz y el saltamontes, y en la plomada a fondo, y al final de mi carrera de pescador no sabía mucho más de lo que aprendí en los primeros días, como le ocurrió al barrendero con la escoba. Como en todas mis aficiones, también en esta las anécdotas fueron más que los éxitos. Durante algunos veranos me interesé además por la botánica. Me compré libros, salía a herborizar (lupa, pinzas, tijeras, cuaderno de campo), y algo llegué a saber de plantas y usos medicinales, pero casi todo lo que aprendí lo olvidé hace ya tiempo. Lo mismo me ocurrió con otras aficiones —jugar al ajedrez, leer en latín, hacer juegos de manos, componer canciones..., y otras que ni recuerdo—. En mi familia por parte de padre, casi todos somos así: alumbramos un afán, nos entregamos a él con el mayor empeño, como si en eso nos fuera la vida, y al poco tiempo lo dejamos, desencantados o aburridos. Sigue una época de hastío y angustia existencial, hasta que no tardamos en encontrar una nueva pasión.

Ahora bien, como soy escritor y he sido profesor, podría suponerse que al menos sé mucho o bastante de lengua y de literatura y de hacer novelas, pero yo creo que no. Fui a la universidad y cursé Filología Hispánica, pero no soy filólogo.

Nunca lo he sido ni he pretendido serlo. Aunque puede que sí, que sepa mucho, pero todo confuso, suelto, desparejado. Un poco como en los bazares chinos, donde hay de todo, pero todo de poca calidad. Sin saber gran cosa de Homero, de Shakespeare o de Calderón, he hablado mucho de ellos en mis clases, porque si en algo soy bueno de verdad es en crear apariencias y hacer ilusionismo con las palabras. Mientras hablo, parece que sé mucho, pero en cuanto me callo, roto el espejismo, solo quedan mondas, pellejos, desperdicios. Como lacónicamente anotó en su diario Thomas Mann después de asistir a una conferencia de Lukács: «Mientras hablaba, tenía razón».

Y sin embargo, no es del todo exacto lo que digo. Quizá no soy justo conmigo mismo, o quizá estoy exagerando mi ignorancia para presumir luego mejor de mi saber. Intentaré ser más preciso. Por ejemplo, he leído a Adorno durante muchos años. Tengo sus libros muy subrayados y anotados. Pero ¿qué podría decir yo sobre su pensamiento? Cosas sueltas, medio anecdóticas, como por ejemplo que, acostumbrados a cerrar enérgicamente los automóviles o las neveras, o a las puertas giratorias o que se abren solas, ya no sabemos cerrar una puerta con suavidad. Es más, parece anacrónico, como de mayordomos o de película de época. Conclusión: la técnica ha empobrecido nuestra relación con las cosas. Eso es lo que podría decir ahora mismo de Adorno, y tendría que forzar la memoria para acordarme de algo más. Y sin embargo sé que sin Adorno yo no sería el que soy ahora. Ignoro qué deudas tengo contraídas con él, aparte del laborioso placer de la lectura, pero sé que le debo mucho, y sé que sus libros y la fuerza de sus pensamientos están dentro de mí, de un modo difuso pero también vivo y esencial. Y lo mismo que digo de Adorno, y por seguir con los filósofos, lo puedo decir de Montaigne, de Rousseau, de Platón, de Spinoza, de Nietzsche, de Ortega, y hasta de Schopenhauer, que es del que más sé.

Mirando en mis viejos cuadernos y carpetas, encuentro resúmenes detallados y comentados de libros que leí con cuidado y provecho, y, que más que leer, los estudié. Por ejemplo: *Sobre la libertad* y *Capítulos sobre el socialismo y otros escritos,* de Stuart Mill; *Contingencia, ironía y solidaridad,* de Richard Rorty; *La ética protestante y el espíritu del capitalismo,* de Max Weber; *El asalto a la razón,* de Lukács; *Diez grandes economistas: de Marx a Keynes,* de Schumpeter; *La democracia en América,* de Tocqueville..., de todo lo cual, si ha quedado algo, será en algún lugar de la memoria al que no tengo acceso, o solo los restos de un naufragio feliz.

Más cosas: hubo épocas en que llegué a saber bastante de la revolución mexicana, del conde-duque de Olivares, de la Primera Guerra Mundial, del formalismo ruso, de la caída y decadencia del Imperio Romano, del zen, del erasmismo, del darwinismo, de las brujas en la Edad Media, de los transportes de personas y mercancías en los siglos XVIII y XIX en España, de la navegación a vela... y de muchas más cosas, algunas ya olvidadas del todo. Salvo algunas generalidades, apenas ha sobrevivido nada de lo que llegué a saber, pero entiendo que el empeño no fue en vano, y que, misteriosamente, todo lo que ahora sé, el grueso de mis experiencias, se lo debo al poso que ha ido dejando en mi memoria, en mi espíritu y en mi carácter todo ese cúmulo de pálidas lecturas, de idilios intelectuales casi desvanecidos.

En mis lecturas además no ha habido un plan ni un orden sino el apasionado y gustoso amontonamiento de lo que iba encontrando al paso, como el chamarilero al que no hay cachivache que no le sirva para su negocio, porque nunca he leído para ser un gran profesor, o para construir un edificio de conocimiento, y si algo perseguía en mis lecturas, además del placer y la curiosidad, era ensanchar mi imaginación y mi horizonte de escritor. No soy especialista en nada, y más que un profesor que escribe, he sido un escritor que en sus horas libres se ganaba la vida dando clases, por aquello de la maldición bíblica del pan y del sudor.

¿Y de mis autores más queridos, a los que vengo leyendo y releyendo desde hace tantos años? ¿Qué podría decir yo de Cervantes, de Kafka, de Shakespeare, de Dickens, de Faulkner, de Conrad, de Chéjov, de Borges, de Quevedo...? Apenas nada. Ni siquiera me he parado a pensar en ello. Alguna vez, por cierto, he contado que yo soy lector, escritor y profesor, por ese orden cronológico, y que no siempre esas tres personas coinciden en sus criterios, gustos e intereses. Lo que le gusta al lector quizá no le gusta al escritor, y lo que al escritor le apasiona al profesor le parece aburrido. El profesor a veces lee por obligación; el escritor y el lector nunca. Pero con el tiempo he ido relegando al profesor y dejando que sean los otros los que lean, sin intentar sacar de la lectura ningún botín conceptual. No, sencillamente me he limitado a dejarme empapar por esa lluvia de palabras, me he abandonado a esos mundos y, leyéndolos, me he perdido en mis propias ensoñaciones de lector, he subrayado y anotado, mil y mil veces, pero si me preguntan, y no digamos si me examinasen de esas asignaturas, de la asignatura Proust o de la materia Rulfo, habría de callar para no incurrir en tópicos profesorales, o en retórica de manual. A veces me han propuesto dar una charla sobre algunos de mis más queridos autores, y he tenido siempre que responder que no, que no sabría hacerlo, que apenas tengo nada que decir sobre ellos.

Y sin embargo en mi memoria pululan infinidad de fragmentos, de detalles sueltos, o de escenas enteras, de átomos y jirones, de restos de naufragio, unos breves y desdibujados y otros largos, imborrables y nítidos. Recuerdo muy bien, por ejemplo, que en *El gatopardo* hay un momento en que don Fabrizio sale a cazar con don Ciccio y, como son tiempos revueltos, el ánimo de don Fabrizio es más bien sombrío, porque intuye que está asistiendo al final de una forma de vida, de una mentalidad, de su propio y secular mundo aristocrático. Pero he aquí que al entrar en el bosque mira a su alrededor y descubre admirado que aquel es el mismo bosque —los mismos árboles, la misma maraña y los mismos aromas— que encontraron los fenicios, los dorios y los jonios cuando desembarcaron en Sicilia. Nada ha cambiado allí desde los tiempos de Artemisa. Esa permanencia de las cosas, de un orden inmutable, lo tranquiliza, pero también lo llena de nostalgia ante la posibilidad de que los desafueros del presente alteren la bendita quietud de la historia. Recuerdo bien, y con las palabras exactas, que más allá mataron un conejo y que don Fabrizio sintió sobre sí la mirada de aquellos ojos que «lo contemplaban sin reproche pero poseídos por un dolor atónito dirigido contra el orden de las cosas». Aún mueve vigorosamente sus patitas, impulsado por una loca esperanza de salvación. Eso es lo peor, la inútil esperanza cuando ya todo está perdido sin remedio. Al placer de matar, don Fabrizio añade el goce de la compasión. Siguen caminando y llegan a la cumbre de un monte. Y aquí el narrador, estirando el invisible hilo narrativo que va entrelazando la realidad inmediata del día de caza con la vasta realidad histórica que los envuelve, nos cuenta cómo el viento lo unía y lo universalizaba todo, mezclando los olores de la salvia, del estiércol, de la carroña, secando las gotas de sangre del conejo y yendo más allá a agitar los cabellos de Garibaldi, y revolviendo el polvo que cegaba los ojos de los soldados napolitanos, ilusionados y cautivos de una esperanza tan inútil como la del conejo en su agonía. Por eso, siguiendo la secreta lógica de este discurso, unas líneas más allá los dos cazadores se adormecen bajo el «sol constitucional».

Dos cosas en una nos ha contado el narrador, la escena de caza y el agitado debatirse de la maltrecha conciencia histórica de don Fabrizio, que también en vano intenta aferrarse a una loca esperanza de salvación para su mundo y su estirpe, condenados ya sin remedio a una pronta y violenta extinción.

Al calor de este recuerdo de lector, me llegan muchos otros, vienen rodando a mi memoria como el ovillo de lana a los dominios ociosos del gato. Ahora recuerdo por ejemplo una de las mejores frases que se hayan escrito nunca en castellano. Es de *El Jarama,* de Ferlosio, y dice así: «Pasó detrás de ellos un hombre con un borrico cargado de cañas verdes de maíz, con sus hojas, que restregándose hacían un ruido fresco sobre el trote menudo. El arriero oscuro caminaba de prisa; miró a los brazos de Mely fugazmente y arreó chicheando con la boca, volviendo de súbito la cara hacia el camino y apretando la marcha».

Otro capricho de la memoria: las imágenes y ruidos que han quedado en mi mente tras las muchas lecturas del *Lazarillo:* el silbido de culebra que hace Lázaro con su respiración en el canuto de la llave del arca, el montón de huesos que queda en el plato del clérigo tras haber comido y chupado la cabeza de carnero, la ronca voz de las plegarias, el fragor de la lluvia en la última noche que pasan juntos Lázaro y el ciego, el dolor de Lázaro cuando le estampan en el rostro el jarro del vino, y añádanse las uvas, el nabo, las blancas o medias blancas en la boca, el paso rápido de Lázaro camino de Maqueda... y el paso tendido y a compás del escudero por las ilustres calles de Toledo.

¡Ah, el escudero!, no hay más que verlo: es todo dignidad, armonía y pulcritud. Así oye misa, así camina, así pasa por las plazas donde se vende de comer, el rostro al frente, sin permitirse siquiera una mirada de desdén, no como Lázaro, que le va a la zaga, el paso desordenado y plebeyo, dejándose los ojos y el alma en lo que ve. Todo esto que cuento aquí de memoria lo cuenta el autor con sus propias palabras y elipsis, y lo que yo hago es glosar precisamente las elipsis, que así es como los lectores enriquecemos y ensanchamos los libros y los hacemos únicos y nuestros.

En las formas de andar vemos cómo Lázaro vive atareado en el mero presente, en tanto que el hidalgo habita entre el esplendor del pasado y la promesa incierta del futuro. O lo que es lo mismo, entre los blasones que heredó y la esperanza de un palomar y de unas casas rotas. El presente le es ajeno, y por eso sus andares y sus gestos tienen un algo de fantasmal, de sueño o de teatro. Diríase que amo y criado caminan por dimensiones temporales distintas.

Llega a casa el hidalgo y Lázaro tras él, convertidos en amo y criado desde hace acaso un par de horas, y entonces el hidalgo, con un gesto magnífico, augusto, casi de prestidigitador, derribó «el cabo de la capa sobre el lado izquierdo, sacó una llave de la manga y abrió su puerta y entramos en casa». Llevan andando buena parte de la mañana y este hombre no ha descompuesto su figura, su gesto y su porte. Y con los mismos ademanes imperturbables, aristocráticos, pero ya teatrales para el lector, se quita la capa y, «preguntando si tenía las manos limpias, la sacudimos y doblamos, y, muy limpiamente, soplando un poyo que allí estaba, la puso sobre él». Se sienta el hidalgo junto a la capa y le pregunta por extenso a Lázaro «de dónde era y cómo había venido a aquella ciudad». No hace falta decir de qué modo y manera está sentado el hidalgo —todo circunspección y gravedad—, y cómo lo secunda Lázaro en esa estampa que nuestra fantasía capta al vuelo, y por eso, cuando termina el interrogatorio, el autor nos dice que el hidalgo «estando así un poco...», y no necesita decir más, porque tanto él como el lector lo tienen ya pintado en la cabeza, y no hay más que evocarlo, señalarlo con el dedo: «así», este es, miradlo, igual de solemne e imperturbable que cuando apareció esta mañana en el relato. ¿A qué deidad habrá elevado su plegaria el autor de este libro para representar tan vívidamente ante nosotros la realidad incontestable de los hechos desnudos? ¿Cómo es posible que al decir «así» —tal las palabras mágicas de los cuentos— se obre el milagro de trasmutar las palabras en cosas?

Desde esta mañana, materia y espíritu han venido jugando sus bazas fulleras. Pero ahora cambia súbitamente la música del habla, y los naipes quedan al descubierto, porque he aquí que, de pronto, cuando Lázaro saca sus mendrugos y se pone a comer, aparece en la voz del hidalgo una nota desafinada que quiebra su figura ejemplar: «Ven acá, mozo. ¿Qué comes?», y a partir de ahí todo el aparato teatral del escudero se derrumba. «Y llevándoselo a la boca, comenzó a dar en él tan fieros bocados como yo con el otro.» «Como yo»:

el hambre los ha igualado, y ahora solo son dos hombres hambrientos, y los gestos del escudero se han hecho innobles de repente. Tanto, que porfían a ver quién come más y más deprisa. Ha ocurrido que, de pronto, del tiempo ilusorio del porvenir y del pasado, el escudero ha caído cómicamente, dramáticamente, en el mero presente, donde no hay más ley que la necesidad.

¿Y luego? Luego se sacude las migas del pecho y, con ese ademán, recupera la dignidad perdida. Y aquí los lectores nos preguntamos: ¿por qué, a pesar de ser un farsante, queremos tanto a este hombre, de dónde la piedad y la sonrisa cómplice?, ¿por qué disculpamos sus imposturas? A mí solo se me ocurre una respuesta: porque no hay tales imposturas. Si cada cual, como dicen los filósofos, se define por esa pequeña trinidad de lo que uno es, lo que uno tiene y lo que uno parece, y si esas tres personas distintas nunca acaban de unirse para formar una verdadera sino que siempre andan entre desavenencias y conflictos, en el escudero ocurre algo en verdad insólito: aparentar, tener y ser no se contradicen: el hidalgo es lo que aparenta y no aparenta más de lo que es. Tampoco menos. Aparentar, tener y ser es la misma cosa en este hombre singular de nuestra España singular.

Creo que no hay novela o libro que haya leído con cuidado del que no conserve unos cuantos recuerdos nítidos y obsesivos. Y como son tantos los libros y novelas que he leído, mi memoria ofrece el aspecto de la habitación desordenada de un niño: una auténtica leonera. A menudo me asaltan episodios, personajes, aromas y sabores, frases sueltas, pensamientos de aquí y de allá, cachivaches de toda índole, y a veces no sé si los he leído, o soñado, o imaginado, o si los escribí yo mismo, y por momentos vislumbro con una inquietante afinidad los delirios de don Quijote en sus noches en vela.

Otras veces las sensaciones o los personajes se relacionan entre ellos y hasta llegan a ser inseparables, como los mosqueteros. Por ejemplo, el capitán Brierly, de *Lord Jim,* y Kabero, de *Memorias de África.* El capitán Brierly era un hombre que se tenía a sí mismo, y a su profesión de marino, en la más alta estima y que, al modo de Cándido, el personaje de Voltaire, creía vivir en el mejor de los mundos posibles. Una semana después de proclamar con su conducta estos principios, se suicidó en alta mar. De pronto había descubierto una quiebra, o acaso solo una leve falla, en la armonía del mundo, y eso fue intolerable para él. Pero lo que mi memoria guarda con más celo son las circunstancias de su muerte, la dignidad con que, antes de arrojarse al mar, puso a salvo a su perro, para que no se lanzase tras él, escribió dos cartas dando instrucciones acerca de la travesía, y muy cuidadosamente colgó de la baranda del barco el cronómetro de oro que le habían regalado los armadores en reconocimiento a su lealtad y a sus servicios.

En cuanto a Kabero, es un niño kikuyu de siete años que, tras disparar por accidente una escopeta y matar a uno de sus amigos y dejar a otro malherido, saca una rupia del bolsillo y la deja sobre la mesa, junto a la escopeta, para saldar una deuda que tenía contraída, y «cancelada esta deuda con el mundo se fue; en realidad, aunque entonces no podíamos saberlo, con ese gran gesto desapareció de la faz de la tierra».

No sé de qué manera, pero la rupia y el cronómetro de oro irán conmigo juntos ya para siempre, como signos desesperados de nobleza y honor. Pequeños gestos, oscuros símbolos, que encierran algo esencial y misterioso de la naturaleza humana. Como dice Juan Benet: «La conciencia atesora lo incomprensible».

También van juntos en mi memoria, formando un trío inseparable, Stevie, Ike y Alfanhuí, los personajes de Conrad *(El agente secreto),* de Faulkner

(El villorrio) y de Sánchez Ferlosio. Tres niños que representan mejor que nadie la inocencia primordial de esa edad en que aún somos naturaleza, en que amamos la vida más que su sentido, y a las cosas y a los hechos por sí mismos y no por su finalidad. Cuando los animales son nuestros semejantes, el caballo semejante de Stevie, la vaca de Ike, los bueyes de Alfanhuí. Juntos van conmigo, y con mi propia infancia, inseparables cofrades no contaminados aún por la condena del pan y del sudor, ni por el pacto de la razón con la necesidad de vivir con cordura y provecho...

Hace ya muchos años que tengo el proyecto de escribir un libro que se titule algo así como *Polvos de papel*, y que cuente los 100 mejores polvos de la literatura universal, el más triste, el más elíptico, el más violento, el más transgresor, el más cómico... Tengo escritos ya varios, y todos los años les contaba y comentaba alguno a mis alumnos, y no me resisto a incluir aquí uno de los más gozosos que conozco, y que es una de las tantas escenas que andan errantes por mi memoria de lector.

Ellas se llaman Rosario y Mouche, y él es el narrador de *Los pasos perdidos,* de Alejo Carpentier. En Rosario se entrecruzan varias razas. «Es india por el pelo y los pómulos, mediterránea por la frente y la nariz, negra por la sólida redondez de los hombros y una peculiar anchura de cadera»: una mujer de una vez, a cuyos encantos se une el de la naturalidad, y un instinto sabio para vivir acorde con las cosas sencillas y principales de la vida. Mouche, la amante francesa con la que viaja el narrador, es todo lo contrario: artificiosa, libresca, esnob, llena de todos los tópicos de la modernez vanguardista: en fin, una pija integral. Hay un momento, en el autobús que se interna hacia la selva virgen, en que Mouche y Rosario se ponen a leer. Mouche lee, claro está, una famosa novela moderna, que el narrador no nombra. Mouche es una lectora avisada, más atenta al mundo sombrío de los significados subyacentes que a la belleza y a la emotividad de la pura y simple narración. Mouche es una refundidora, una creadora de metatextos. Rosario, por su parte, lee la *Historia de Genoveva de Brabante,* una ingenua y patética historia caballeresca que fue muy popular en el siglo XIX. Lee despacio, y se indigna con los infames y se alboroza con los héroes. Se entrega a la lectura con una inocencia que yo prefiero a la suficiencia intelectual de Mouche, pero que tampoco se la recomendaría a nadie, salvo en la adolescencia.

El narrador-protagonista ve cómo leen las dos, y se va prendando de Rosario a la vez que crece su desdén por Mouche. El primer encuentro erótico entre el narrador y Rosario se produce durante el velorio del padre de ella. La unión del erotismo y la muerte suele ser explosiva. Es una escena magistral. Rosario está apoyada en una tinaja de agua, con los codos en el borde, «de tal modo que la comba del barro arqueaba su cintura hacia mí. El fuego de los fogones le daba en la frente, moviendo remotas luces en sus ojos sombríos». El narrador la mira de tal modo que la desnuda de sus lutos. Ella, que se da cuenta, pone la tinaja por medio y apoya los brazos en el borde, de forma que ahora las voces, amplificadas por la caja de resonancia de la tinaja, cobran «un eco de nave de catedral». «A ratos me dejaba solo, iba a la sala del velorio, y regresaba... a donde yo la esperaba con impaciencia de amante.» Y «ella se dejaba contemplar, por sobre el agua de la tinaja, con una pasividad halagada que tenía algo de entrega». Lo concreto, siempre lo concreto: tinajas, miradas, gestos, voces y fogones.

Tres capítulos más tarde, la ruptura de Mouche y el narrador es total, y total también el amor (aún contenido, expectante) entre el narrador y Rosario. Mouche ha contraído una enfermedad tropical y delira en la hamaca. Es de noche. Hay luna. Bajo la hamaca, en una estera, Rosario y el narrador hablan en susurros. Rosario cuenta algo que la indigna, no importa ahora qué. Tal es su rabia, que el narrador la agarra por las muñecas, «y, con la brusquedad del gesto, mi pie derriba una de las cestas en que el Herborizador guarda sus plantas secas, entre camadas de hojas de malanga. Un heno espeso y crujiente se nos viene encima, envolviéndonos en perfumes, que recuerdan, a la vez, el alcanfor, el sándalo y el azafrán». Entonces hacen el amor, furiosamente, sin ternura, en una posesión mutua que parece una lucha, sobre el lecho de plantas perfumadas, como si los amantes afirmaran así su pertenencia a la naturaleza más elemental. Luego, la claridad de la luna entra por la puerta de la cabaña e ilumina sus piernas: primero los tobillos, más tarde las caderas. Y esta vez, al tiempo que reinician el juego amoroso, Mouche se asoma a su hamaca y los insulta con voz ronca y airada. Después, se extravía en el delirio, con un brazo inerte colgando en el aire, mientras los amantes, es de suponer que ya totalmente iluminados por la luna, se afanan en lo suyo.

Hay tres detalles en esta escena que articulan la narración y la llenan de un profundo sentido. Uno es la presencia de Mouche, que subraya el carácter inaplazable del deseo, y la sinceridad absoluta de la entrega amorosa, y que de paso añade un punto morboso de transgresión, que es uno de los ingredientes más refinados de los lances eróticos. Hacen el amor ante ella, lo cual supone que desde ese instante Mouche queda segregada, abolida. Es más: desaparece también de la novela. Luego están las plantas aromáticas, que le traen al narrador recuerdos de su infancia, con lo cual el encuentro con Rosario es un reencuentro con un mundo remoto pero latente, desvanecido pero auténtico: el mundo del Caribe. Y por último está la luna que los va iluminando según ellos van cobrando conciencia de su amor, de sus cuerpos. El amor los ilumina con la misma lentitud deleitosa con que la luna matiza sus cuerpos en la sombra. Y, al igual que el aroma de las plantas, que los envuelven en un ámbito propio, también la luz de la luna los aísla mágicamente en su mundo amoroso. He aquí un fragmento de realidad imaginaria tallado con la exactitud y transparencia de un diamante. Si recuerdo con tanta exactitud esta escena, es porque viví la lectura como una experiencia sensorial, y la memoria instintiva de los sentidos es más aguda y duradera que la memoria racional.

Cosas así, detalles, vislumbres y caprichos, es lo que las lecturas y relecturas han ido dejando en mi memoria, de modo que he sido un profesor de detalles, vislumbres y caprichos, en tanto que el grueso del saber académico lo encomendaba a los buenos oficios de cualquier manual. En todo caso, lo mejor que he podido transmitir a mis alumnos es mi entusiasmado amor a las palabras y a los libros.

¿Y escribir y contar historias?, ¿no es eso un oficio? Yo creo que no. Hacer novelas carece del repertorio técnico necesario propio de una profesión o de un oficio, por más que, debido a esa misma pretensión, quiera enseñarse bajo el reclamo de «talleres» o «laboratorios» de narrativa e incluso de poesía. «¿Taller?», que diría el barrendero. «Eso no es un taller. ¿Dónde están las herramientas, dónde la maña y la finura, dónde los materiales y dónde la ciencia y la técnica del viejo y exacto saber de los maestros?» ¿Y qué clase de oficio es ese —pensemos en un médico o en un ebanista— que depende de la inspiración del momento? ¿Y qué decir de la gente que sabe contar muy bien y carece por completo de estudios? ¿Y de esos jóvenes de veintipocos años, como Fernando de Rojas o Scott Fitzgerald, que por arte infusa componen de pronto libros portentosos? Y aunque sé que hay escritores profesionales, y además buenos escritores, que poseen una técnica, unas destrezas, y que van sobre seguro a la hora de elaborar sus obras, yo por mi parte, y esta es mi experiencia, creo que escribir, contar, es algo demasiado difuso e inestable para llamarlo oficio o profesión.

Ese revoltijo de pensamientos y episodios que hay en mi memoria es en definitiva lo que han ido acumulando en mi playa de náufrago más de dos mil años de cultura —de invenciones, de sueños, de pesadumbres y esperanzas—. Aunque precario, ese legado es lo que me otorga un lugar en el mundo, y un sentimiento de fraternidad con mis congéneres antes que con mis compatriotas, ya estén vivos o muertos. Y cuando yo muera, quiero seguir formando parte de esta tribu egoísta y cruel, a la que tantas veces he despreciado y repudiado, pero a la que tantos motivos hay a la vez para admirar y para amar.

4
Donde Pache

Había en aquel entonces, en el lejano entonces de mi infancia, un campesino que se llamaba Manuel Pache y que era un hombre sencillo y de buen conformar hasta que luego, nadie sabe cómo, se fue enredando en pensamientos metafísicos y así, poco a poco, se volvió cada vez más hosco y silencioso ante las miradas afligidas de su mujer y de sus tres hijos, el mayor de los cuales debía de tener unos doce años y ya andaba de pastorcillo por aquellos campos de secano, desolados y dejados de la mano de Dios. Porque eran campos brutos y solitarios, lejos de toda civilización, y quizá de ahí le vino a Manuel Pache el lúcido desorden mental, y su profundo desacuerdo con la vida, que lo acompañarían ya para siempre. En las locas analogías de mi memoria, a veces me imagino a Pache mirando el mundo con los mismos ojos atónitos y agónicos del conejo que mató don Fabrizio.

Yo no llegué a conocerlo, pero oí hablar mucho de él, y más que de él, del lugar donde vivía y del negocio que llegó a fundar, y al que todos se referían como «donde Pache», porque al parecer no había más que añadir a lo que ya de por sí lo expresaba todo de una vez. El primero que me habló de aquel lugar fue mi primo Floren. «Un día tenemos que ir donde Pache», me dijo, y sonrió con una sonrisa vergonzosa y taimada, y se quedó cabeceando como si no hubiera palabras para definir semejante prodigio.

Y cuentan los que saben, que en algún momento salió del manso y reducido ámbito en que habitaba para hacerse algunas preguntas esenciales. ¿Qué hacía él en aquellas soledades, todavía joven, pero ya casado y con hijos, y condenado de por vida a labrar en otoño y a segar en verano, y a ver pasar los días sin otro provecho que el de cumplir años y envejecer y después morir y ser olvidado para siempre? La muerte y el olvido: ese era su destino ya escrito, no mucho mejor que el reservado a la mula, a las fieras del monte, al parral de la puerta bajo el cual se sentaba a veces para dar suelta a sus atormentados pensamientos. ¿Tanto afanarse para qué? Por la noche cantaban furiosamente y sin parar los grillos y las ranas. ¿Qué esperaban conseguir con sus cantos? ¿Para qué tanto empeño? A veces los árboles se volvían locos con el viento, las hojas ya muertas volaban furiosas, haciendo remolinos, parecía que el mundo fuera a descomponerse. Luego volvía la calma, y con la calma el tiempo también se sosegaba, y el pasar de las horas se hacía eterno. ¿Qué sentido tenía la vida, el universo, y el constante batallar de unos y otros?

Por aquellos campos no había nadie con quien hablar, nada nuevo que aprender, ninguna promesa que esperar. Si tuviera luz eléctrica, se compraría una radio, y tendría voces y música a cualquier hora. ¡Qué de adelantos habría en el mundo, y qué de noticias se producirían a cada instante! Se hablaba incluso de un aparato que transmitía no solo la voz sino también la imagen del hablante o del músico. Le habían hablado de unos mecheros de gas, elegantes, ligeros, que no fallaban nunca. La gente ya no se afeitaba con navaja o cuchilla sino con maquinilla eléctrica. El mundo estaba cambiando y ellos, en esas oscuras soledades, no se enteraban de nada. Vivían como antiguamente, casi como los animales. Comían en silencio, o como mucho decían alguna frase sin sustancia: Hay una gallina que no pone, Por ahí anda un perro sin amo, Hay que afilar las hoces, Se nos está acabando el bacalao. Muchos se estaban yendo a las grandes ciudades. Pero ellos tenían una finquita y estaban atados a la tierra. Y además, ¿en qué iba a trabajar él en una gran ciudad? Aquí por lo menos tenían para comer. Pero ¿y los hijos? ¿Qué iba a ser de ellos cuando fuesen mayores? ¡Si aprendieran al menos un oficio! Allí estaban los tres vestidos malamente, sin escuela, sin futuro, las manos bastas y curtida la piel, el habla tan tosca y cerrada que parecía más de animal que de humano, y Manuel Pache los miraba con pena, y con culpa, y pensaba que, de no haberse casado, ahora sería libre para irse lejos de allí, a recorrer mundo. La finquita, que les daba de comer, era a la vez una condena y una cárcel de la que no se podía huir. Allí había vivido siempre, como sus padres, sus abuelos y otros de más atrás. Y, al igual que ellos, no sabía nadar, ni bailar, ni contar chistes, ni había montado en tren, ni había visto el mar, ni sabía lo que era un restaurante o un hotel. Bien pensado, ahora descubría que él en realidad nunca había sido joven, y que tampoco sus hijos conocerían la juventud, con sus alegres correrías, los secretos entre amigos, y las ocurrencias, bromas y regocijos propios de la edad. Por conocer, quizá ni siquiera conocían el inocente mundo de la infancia.

Aquel lugar estaba como maldito. Allá por donde mirase solo veía el vano horizonte de otros campos tan solitarios como el suyo, y no se oía nada que no fuese la agitación del viento y de las bestias. La soledad, y el silencio y sus ecos, lo fatigaban y oprimían. A un lado, y a unos quince kilómetros, estaba el pueblo, adonde solo iban por las ferias o por alguna necesidad urgente, y por el otro lado estaba Portugal. Alrededor, cortijos aislados, metidos en cañadas oscuras o en cabezos bravíos, y poco más. De tarde en tarde pasaba un recovero o un merchante, y les vendían huevos, pellicas, pollos, pavos, garbanzos y frijones, y a cambio les compraban ropa, aperos, aspirinas, azúcar, bacalao, café. Lo demás, el pan, el puchero, el queso, la fruta y la verdura, se lo agenciaban ellos mismos. Así era, así había sido desde la antigüedad y así sería ya para siempre.

La casa donde vivían, hecha por sus antepasados y mantenida y remendada por él mismo, estaba en un alto, y allá abajo en la vega, junto a un regato, había un camino por donde muy de vez en cuando pasaba algún viajero, en carro, en caballería y a veces en coche, en moto, en bicicleta. Manuel Pache avanzaba unos pasos, anhelante, y se dejaba ver, agitaba los brazos, daba voces, ¡¡ehhh!!, ¡¡adiós!!, y quizá el viajero, sin detenerse, le devolvía el saludo y seguía su camino, y al desaparecer, regresaban de nuevo la soledad y la monotonía, recrecidas ahora por la promesa de lo que pudo haber sido y se quedó en nada, en esperanza y espejismo. Junto a la lumbre, en las largas, interminables tardes invernales, mirando el ajetreo del fuego y viendo representado en él el caso de su vida ya desperdiciada, su mente se fue llenando de palabras y monstruos. Un torrente de frases a medio hacer que no encontraban cauce, atisbos y premoniciones, floridos hallazgos de vocablos creados por el azar del devaneo, vagas angustias, graves requerimientos que era imposible desoír. Sus silencios se hicieron taciturnos, ceñudos. Manuel, hay que ordeñar las cabras; Papa, ¿cuándo vamos a nidos?; Hay que deshierbar la huerta, herrar a la yegua, estercolar, podar, barbechar; Manuel, papa, dinos una adivinanza, cuéntanos el cuento aquel de la cigüeña y de la zorra.

Pero a Manuel Pache, las tareas cotidianas y los humildes cuentos y decires de siempre le parecían de poca enjundia al lado de sus barruntos filosóficos, de las locas fantasías que rondaban su alma. Tenía como visiones. Se imaginaba la intrincada red de veneros y arroyos que había bajo tierra, la diversidad sin fin del mundo mineral, los secretos caminos del viento, y dónde se esconde cuando deja de soplar y hasta lo más leve deja de moverse, la infinitud del cosmos, la posibilidad de descubrir o inventar algo nuevo, una fruta nunca vista hasta ahora, una música cuyo son tuviese algún poder sobre los animales o las plantas. ¿Cuántas palabras habría en el mundo? ¿Existiría alguna cosa todavía sin nombrar? ¿Y si las ovejas, los peces, los lagartos supiesen más de lo que aparentaban? Por la noche, en esas noches tan hondas y oscuras de aquellos campos solitarios, se veían por el cielo luces movedizas, y a Manuel Pache le entraba la tristeza de lo misterioso y de lo inmenso. ¿De qué materia estarían hechas las estrellas? Se decía que los americanos y los rusos tenían cohetes para viajar a los espacios más remotos. ¿Dónde acabaría el universo, y qué habría más allá? ¿Y Dios? ¿Existía Dios? Había gente letrada que creía en Él, pero otros se burlaban y decían que después de la muerte no había nada, solo oscuridad y silencio. Cada cual tenía sus razones. Él, sin embargo, poco podía decir, carecía de criterio para creer o dejar de creer. Él era solo un ignorante. Pero así y todo había gente pobre y analfabeta que sí creía, no por nada sino porque sí, quizá porque se lo inculcaron de niños, o porque Dios les había concedido el don de la fe. Pero a él, a Manuel Pache, nadie le había hablado de Dios, y tampoco Dios había venido a hablarle. Puestos a creer, le parecía más fácil creer en la existencia del diablo que en la de Dios. Empezó así a sentir nostalgia de todo cuanto no conocía. Un día pasó un merchante y, ante el asombro de su mujer y de sus hijos, se compró una armónica, y un día y otro día se iba lejos a soplarla sin tregua, inventándose músicas tristes y maniáticas.

Esto ocurrió a principios de los años cincuenta. Y de pronto, lo que son las cosas, a Manuel Pache se le vino a la cabeza una idea deslumbrante. La mujer y los hijos lo notaron porque a veces sus cavilaciones se le traslucían en el rostro con una sonrisa o un fulgor de contento. ¿Qué estaría pensando? «¿Qué piensas que tanto piensas?», le preguntaba la mujer. Con los ojos y las manos él hacía un gesto pícaro de misterio. Hasta que una noche, cuando ya la idea estaba madura, dijo: «¿Sabéis lo que he pensado? Que vamos a montar un boliche».

«¿Cómo que un boliche?» «Un boliche, aquí mismo. Vamos a hacernos comerciantes.» Venderían de todo, y enumeró: alimentos, bebidas, navajas, colonia, petróleo, cartuchos, jaulas, vestimenta y calzado, sombreros, linternas, botica, herramientas y aperos, cacharros, garrafas, clavos, serones, tabaco, sogas, mecheros, adornos, peines, jabones de olor, y siguió enumerando ante su fiel, atónito y mínimo auditorio, que acaso no entendía del todo bien lo que estaba pasando.

Eso es. Se haría comerciante. ¡Qué idea maravillosa! ¿Quién no querría ser comerciante en un lugar tan solitario, regentar un colmado donde viniesen gentes de los alrededores, de Portugal incluso, a hatear o a comprar cualquier cosa, por necesidad o por capricho? Incluso podía seguir siendo campesino, pero a ratos perdidos y de pocas labores. Algo de huerta y de ganadería. Agricultor y comerciante. ¿Habríase visto nunca nada igual? En días festivos, o al atardecer de cualquier día, muchos vendrían al boliche no a comprar sino a echar el rato, a hablar con otra gente, a beber y a picar algo, porque el local se convertiría en taberna al anochecer, eso es, y los sábados y domingos apartarían el género y el mostrador y, despejado el espacio, se pondrían sillas contra la pared y alrededor de una pista de baile. La música la traería cualquier acordeonista portugués de los muchos que había por los alrededores.

Así de fácil, así de portentoso. ¿Qué pasa allá arriba?, se preguntaría alguno al ver las luces y oír las risas y la música. Y su nombre se haría famoso en los contornos. Aparecerían frases célebres: Pregúntale a Pache, Eso te lo puede conseguir Pache, Nos vemos donde Pache, Se dice donde Pache que lloverá en marzo. En invierno se juntarían allí los cazadores a comer y a echar una caraba. A todas horas habría una buena lumbre y las fiestas se alargarían hasta el amanecer. Y él, como dueño y señor del boliche, participaría en todas las pláticas, aprendería cosas nuevas, se enteraría de lo que pasaba en el mundo, y haría sonar también su voz, confrontaría ideas, bromearía y reiría en su momento, sondearía su talento de orador y callaría al unísono con los demás, un silencio grande y filosófico compartido gravemente por todos. En eso estaba la gracia de vivir, en saborear los días con los demás, en alternar las voces y juntar lo diverso, en hacer cercanos y gustosos los saberes exóticos. Porque habría viajeros que, viniendo de lejos, tendrían historias extraordinarias que contar, canciones nunca oídas, noticias formidables de la industria, del comercio, de la política, de los grandes avances de la humanidad. Aquella sería además la escuela de sus hijos, que sin darse cuenta, escuchando, alternando, se harían hombres de mundo, capaces luego de emprender por su cuenta un vivir propio y provechoso.

La mujer de Manuel Pache era desenvuelta, alegre y optimista. Hicieron reformas en la casa, compraron mercancías a crédito, montaron el boliche, lo dieron a conocer yendo en mula por los cortijos del contorno y, en efecto, fueron llegando algunos a comprar un poco de carburo o unos rollos de alambre. También a beber y a conversar. El local no tenía nombre, pero todos lo conocían por «Pache», o «donde Pache». En aquellas soledades, no tardó en convertirse, como suele decirse, en un lugar de referencia. En el camino que subía de la vega se formaron pronto relejes de carros y hasta de automóviles. Los domingos subían por él carretas con alegres grupos de jóvenes que venían al baile, ellos vestidos con trajes formales, con la elegancia natural que se estilaba en aquellos tiempos, y ellas con pañuelos de colores y flores en el pelo. Un día se organizó un baile donde, por fuerza, los vestidos debían estar todos hechos de papel. Los que tenían alguna habilidad, por rara o humilde que fuese, venían a exhibirla «donde Pache». Imitadores de animales, viejas y viejos que sabían cuentos, canciones, adivinanzas y refranes de tiempos muy antiguos y que tenían ya traspapelados en la memoria, grandes silbadores, forzudos, payasos que hasta entonces habían ejercido su vocación en la más absoluta soledad y vergüenza. No se sabe de dónde salieron algunos que cantaban flamenco y otros que hacían un poco de barullo con la guitarra y con las palmas. Un predicador vino una noche y anunció el fin del mundo para 1960. Vinieron feriantes que rifaban a la perra gorda muñecas peponas y bolsitas de garrapiñadas. Un viajante hizo una demostración de un tipo de tela a la que prendió fuego con gasolina sin que la tela se quemase.

Otro día llegó por cuenta propia un conjunto musical de cinco instrumentistas con un repertorio de canciones clásicas y modernas, y que tocaron sin pausa hasta el amanecer. También por su cuenta, atraído por la fama del lugar, apareció un día un ilusionista que asombró a todos con sus prodigios imposibles. Entre otras cosas, hipnotizó a una mujer, la convirtió en gallina, y la obligó a comportarse como una gallina de verdad, y enseguida convirtió a un hombre en gallo y el propio ilusionista tuvo que separarlos a la fuerza entre las risas locas de la concurrencia.

Hubo que agrandar el boliche y poner mesas a la puerta, bajo el parral, donde muchas tardes guardias civiles y contrabandistas bebían, reían y jugaban juntos a las cartas, hasta que ya al anochecer se levantaban y se iban cada cual a lo suyo, unos a perseguir y otros a burlar a los perseguidores. Y llegaron también los cazadores, entre los cuales había médicos y abogados, gente que había estudiado y viajado mucho y que tenía mucho que contar, y Manuel Pache los escuchaba, e intervenía en la conversación como uno más, porque también él tenía su mundo, sus experiencias, su filosofía. Una noche alta y profunda de verano, alguien trajo un telescopio y les dio a todos una lección magistral sobre estrellas y constelaciones.

Manuel Pache parecía haber cumplido al fin sus sueños. Su mujer trabajaba de cocinera y despachaba tras el mostrador, siempre servicial y contenta, los hijos se iniciaban en el comercio y en los refinamientos de la modernidad, y todo parecía encaminarse hacia un futuro benévolo y hasta prometedor. Y aquí la historia de Manuel Pache entra en el misterio insondable de la existencia humana. Una madrugada, recién acabada la fiesta, cuando aún se oían las risas y canciones de los jóvenes alejándose en las carretas, Manuel Pache cargó la escopeta con cartuchos de posta, se metió el caño en la boca y, como era muy bajito y no llegaba adonde quería, agarró lo primero que encontró a mano, que fue un garabato choricero, y con la punta apretó el gatillo y se voló la tapa de los sesos. Con el estruendo, los pavos se pusieron a hacer el pau pau en el gallinero, los perros se dieron a ladrar, los gallos a cantar, las cabras a balar, la mujer y los hijos a gritar y a llorar, los cuervos a graznar, hasta que luego volvió el silencio a aquellos campos desolados, y ya nada se oía, solo muy lejos el rumor, acaso ya ilusorio, de las carretas que habían traspuesto por el camino de la vega.

5
El niño y el sabio

Cuando yo era profesor, solía decirles a mis alumnos el primer día de clase: «Ahora que es tiempo de novedades, y antes de que descubráis que yo no tengo mucho que decir, que apenas soy un anfitrión que está aquí para hacer las presentaciones entre vosotros y Cervantes o Chéjov —aquí un escritor, aquí un lector—, y que serán ellos, Cervantes o Chéjov, los que os enseñen literatura, y si ellos no lo consiguen no lo conseguirá nadie, antes de eso, antes de que mis palabras se conviertan en lluvia, quiero que me escuchéis bien por una vez, y que apuntéis en vuestros cuadernos lo que voy a deciros, y que de vez en cuando lo leáis, hasta que estéis seguros de no olvidarlo nunca».

Entonces les decía que todos nosotros somos únicos, que al igual que nuestras caras y huellas dactilares son distintas, así también el alma y nuestra forma de ver el mundo y de pensarlo y de sentirlo. «Todos estamos condenados a ser originales, no lo olvidéis nunca. O mejor aún: en cada uno de nosotros está la semilla de la originalidad, y de nosotros depende que caiga en buena tierra y fructifique en algo, o que se agoste para siempre. La originalidad hay que ganársela, no se da de balde por muy único, por muy distinto que uno sea o parezca ser. Para llegar a saber lo que valéis, y quiénes sois vosotros, os lo tenéis que currar duro, no lo olvidéis tampoco.»

Comenzaba luego por decirles que, ahora que eran tan jóvenes y que tenían tan recién vivida la infancia, que no dejaran morir al niño que habían sido y que aún estaba vivo en ellos. «Un artista, un escritor, un científico, un filósofo, pero también cualquiera que aspire a alcanzar lo mejor de sí mismo, o un buen gustador de la vida, es el que prolonga de algún modo su infancia, y de algún modo su inocencia. Después, con los años, con la observación, con el estudio, cada cual a su modo llegará a ser un poco sabio. Pues bien, el sabio y el niño formarán un magnífico dúo. ¿Y qué puede aportar el niño al negocio común? Algo esencial para cualquiera que aspire a vivir la vida de primera mano: la intuición y el asombro, la incansable capacidad de asombro. Del asombro nace el conocimiento, como nos enseña Platón.»

Y ahí les hablaba de Luis Buñuel, de cómo se obligaba todos los días a inventarse una historia, al menos durante media hora. Como quien va al gimnasio para ejercitar sus músculos, él ejercitaba así su imaginación. La imaginación, como todo, si no se entrena, se marchita y se atrofia. «Pues bien, yo creo que hay que entrenar también la capacidad de asombro, el hábito del extrañamiento. Debemos aprender a no dar nunca las cosas por definitivamente vividas o sabidas, ni conformarnos con que alguien, por muy sabio que sea, nos las explique o nos las cuente. No, vayamos directamente a ellas para conocerlas de primera mano. Shakespeare de primera mano, el canto de la alondra de primera mano, nosotros mismos de primera mano. Libemos en la flor antes que en la miel. Seamos altivos y radicales en el afán de conocimiento. No os acomodéis a los usos que os impongan. Sed apasionados, audaces, y hasta un punto arrogantes, para no aceptar así, sin más ni más, y sin haberlos hecho pasar antes por la aduana de vuestro criterio, los saberes ya envasados y listos para su consumo. Recordad que la vida es un viaje solo de ida. No merece la pena renunciar a la originalidad, a la incertidumbre, a la pasión de ser nosotros mismos. Vivamos la vida como lo que es: una aventura irrepetible.»

En ese punto les contaba a veces una anécdota de Darwin, que yo conocía por Baroja, y que venía allí pintiparada. «Darwin era entonces muy joven, poco más que vosotros.» Y un día, en sus paseos campestres por las afueras de Londres, observó que había granjas con campos magníficos de tréboles rojos, en tanto que en otros, colindantes, los tréboles crecían más pequeños y mustios. Observando con más cuidado, como si fuese un detective, encontró que en las granjas donde había gatos era donde más tréboles crecían y con mejor lustre. De ahí pasó a descubrir que los tréboles eran polinizados por unos abejorros que a su vez tenían por depredadores a unos ratoncillos silvestres. Entonces el joven Darwin estableció una cadena lógica de una brillantez digna de los mejores inventos literarios. Donde hay gatos hay menos ratones, donde hay menos ratones hay más abejorros; donde más abejorros, mejores campos de trébol; donde mejor y más abundante trébol, mejores vacas; donde mejores vacas, más proteínas, y donde ocurre esto la gente tiene más posibilidades de mejorar su inteligencia y, por tanto, su lugar en el mundo. El mejor salto lírico quizá no consiga construir un puente de tan delicado cristal como el que va de los tréboles a la inteligencia.

«Todo es nuevo, todo está por descubrir, todo por estrenar», les seguía diciendo. «Eso es lo que aprendemos también de don Quijote cuando se vuelve loco, que ve el mundo desde una insólita, maravillosa novedad. De pronto descubre la secreta e íntima naturaleza de los molinos de viento, de los castillos disfrazados de ventas, de legendarios caballeros transformados por los encantadores en vulgares ovejas. No otra cosa le ocurre al niño que sabe ver en una cucharada de lentejas una nave espacial. Pero también al enamorado que ve en la persona amada, que acaso no es ni siquiera atractiva, a la criatura más hermosa y encantadora del mundo, la única, la irremplazable. No me digáis que no os habéis enamorado alguna vez y que no habéis vivido esa experiencia. ¿Conocéis lo del baciyelmo del Quijote, aquel artefacto que ya no era ni yelmo ni bacía sino ambas cosas a la vez? Pues igual les ocurre a los enamorados, que miran a la amada con los mismos ojos con que don Quijote miraba la bacía: como yelmo. Los demás la verán como bacía. He ahí, pues, a una persona baciyélmica. Por mi parte, las mejores películas que he visto, mis mejores experiencias estéticas, los mejores libros que he leído, han sido siempre baciyélmicos. Cuidaos por tanto de los malvados encantadores a los que tanto les gusta disfrazar con la grisura de la costumbre los portentos y espantos de la diaria realidad.»

Yo sabía que mi discurso estaba hecho con productos altamente inflamables, de rápida ebullición sentimental, como no podía ser de otra manera en un firme alegato romántico. Yo hablaba para jóvenes, casi muchachos, no pervertidos aún por prejuicios intelectuales, y no ignoraba el poder que tenían mis palabras. Los animaba a estimarse a sí mismos, a confiar en los dictados del corazón, a apreciar sus criterios quizá todavía ilusos, sus gustos primerizos, sus tentativas aún inciertas y equívocas, porque hay mucho que aprender en ese suburbio del pensamiento y de la estética que es la adolescencia. «No debemos intentar gustar a los demás al precio de traicionar o falsear nuestro verdadero modo de ser. Tenemos que saber quiénes somos y cuál es nuestro mundo, propio e intransferible. Esa es nuestra tarea esencial. Pero ¿dónde ir a buscarnos a nosotros mismos? ¿Tendremos, como Ulises, que navegar por mil islas y salir airosos de peligrosas aventuras para llegar a Ítaca, nuestra patria final? Sin duda. Cada cual es Ulises en busca de sí mismo. Solo que Ítaca no está lejos. No, ya estamos en Ítaca: solo nos queda conquistar ese reino que se extiende a nuestro alrededor. Aquí están nuestras verdaderas maravillas, las sirenas, los cíclopes, y en nuestros trayectos cotidianos, en nuestro diario ir y venir, está contenido el viaje mítico hacia la tierra primigenia. Y es que, como decía un filósofo, lo extraordinario y original no está más allá, sino más acá, confundido con las horas más humildes de nuestra vida. ¿Queréis llegar a Ítaca y reinar sobre vosotros mismos? Pues bien, abrid los ojos y mirad el mundo. Os juro que todo es interesante, todo es nuevo, cuando se mira con intensidad y con paciencia. Así miró Van Gogh los girasoles, y con su mirada los inventó de nuevo. Las cosas que nos rodean están por descubrir. Y es que vamos por la vida demasiado aprisa, sin fijar la mirada en las cosas, sin pararnos a descubrirlas y a pensarlas. Y, lo que es peor, damos las cosas por sabidas. Vivimos de segunda mano. Nos acomodamos a la costumbre, que es el peor y más declarado enemigo del conocimiento. Por eso, contra la modorra de la costumbre, la vigilia del asombro. Bienvenidos pues a Ítaca. Apuntad eso en vuestros cuadernos.»

Pero también les decía que el arte y el hábito de observar y pensar por cuenta propia no son fáciles ni se dan de balde. Quizá por eso, pocos son los que miran o leen con sus propios ojos y oyen con sus propios oídos, y piensan y sienten con su inteligencia y con su corazón. Esa tarea exige lentitud, en un mundo donde todo invita a la velocidad anestesiante y a la fugacidad de las cosas y de las ideas. Exige también soledad y recogimiento. «Los mejores frutos que ha dado la filosofía, o la ciencia o el arte, han surgido de esa actitud ante la vida que yo os invito a hacer vuestra de una vez para siempre.» Y exige además, y esto es acaso lo más difícil de todo, concentración. Concentrarse en imaginar y sentir intensamente algo hasta hacerlo presente. El olor de una manzana, el sabor de una magdalena, el tacto de una hoja de higuera, la expresión de miedo en la cara de un condenado a muerte, el sonido lejano de un trueno, el proceso de apagamiento del color de la cal de los muros de una casa al atardecer, el dolor de un herido, la plenitud sentimental de un enamorado... «Apuntad estas tres palabras en vuestros cuadernos: lentitud, soledad, concentración.

»Ya veis que hasta aquí todo ha sido teoría. Ahora, pasemos a la práctica. Ante todo, hoy mismo os compraréis un cuaderno nuevo, gordo, amoroso y bonito. Escribiréis en él unas dos horas a la semana, y cada tres meses me entregaréis vuestros cuadernos y yo los leeré y escribiré en ellos mis propios comentarios. No quiero que os esmeréis mucho en la escritura. Ni sois escritores ni falta que os hace. Pero sí quiero que aprendáis a leer y a observar de un modo personal. La originalidad y la inspiración no es solo potestad de los autores sino también de los lectores. Seamos lectores originales e inspirados. Así que escribid a lo que salga, sin escrúpulos ni arrepentimientos. Yo solo quiero que la escritura os sirva para entrenaros en la lentitud, en la soledad y en la concentración, que es tanto como entrenarse en el asombro, y que de ese modo podáis descubrir la cantidad de cosas nuevas y extraordinarias que hay en vosotros mismos y a vuestro alrededor, y que quizá no sabíais siquiera que existían. Y, para empezar, el próximo día vendréis con vuestros cuadernos, donde ya habréis escrito algo, que leeremos aquí, en voz alta, sobre un tema común: los pasillos. Ahora bien, no los pasillos en general, de un modo teórico o abstracto, porque en ese caso nuestros escritos serían todos bastante parecidos. Pero si evocamos *nuestros* pasillos, aquellos que son solo nuestros y que pertenecen a nuestra experiencia vital intransferible, y al territorio único de nuestra imaginación, entonces nuestros escritos tendrán todos el sello de lo original y de lo auténtico. Mirad bien en vuestra memoria, concentraos en ella, convocad a los cinco sentidos y rescatad aquel pasillo donde una vez tuvisteis mucho miedo, donde conocisteis la soledad o el erotismo, el pasillo del hospital donde sufría un ser querido, el corredor de la muerte de una película que os emocionó, y al calor de esos recuerdos acudirán otros, y rescataréis olores, sabores, voces, sensaciones que creíais olvidadas. Porque no es al ir por la calle, o al hablar con alguien, cuando observamos y pensamos, sino más bien luego, al recordarlo, en un acto de recogimiento y de concentración. Y es en esos momentos cuando comparece también lo que de imaginario tiene la memoria, porque ya no observamos solo con la mirada de nuestros ojos sino también con los ojos no menos verdaderos de la fantasía. Las cosas entonces parecen nuevas, originales, nuestras. La memoria y la imaginación convierten nuestro pasado en un mundo inagotable donde todo está por descubrir. Pero recordad que, para descubrirlo, debéis huir de las vaguedades y de las abstracciones y laborar en lo concreto. Subrayad bien esto: lo concreto.»

Era en este momento cuando les hablaba del huerto de Emerson. El libro se titula *Ensayos escogidos,* de la colección Austral, y no recuerdo cómo llegó a mis manos. Yo debía de tener diecisiete o dieciocho años, y la lectura de aquellos ensayos trastocó mi visión del mundo y de mí mismo para siempre. Fue una de esas experiencias radicales tras la cual uno ya no es el de antes, o no del todo, sino que parece recién nacido a una vida nueva, como si en efecto hubiese sufrido una sutil pero esencial metamorfosis. Leí aquel libro varias veces seguidas en un estado febril de asombro y de infinita gratitud. Y ahora, yo intentaba que mis alumnos tuvieran una experiencia semejante a la mía, porque eso era acaso lo mejor que les podía ofrecer. El libro viene a ser un exaltado y romántico canto a uno mismo, y leyéndolo, uno entiende por qué Walt Whitman, que tanto aprendió de Emerson, se cantó tan olímpicamente a sí mismo.

En un momento dado, Emerson utiliza una imagen que a mí me gusta mucho, y que he repetido mil veces en clases y en charlas para ilustrar todo cuanto he escrito en este capítulo, donde aún suena y resuena el eco de aquel libro providencial.

Dice Emerson que cada cual ha de aceptarse a sí mismo tal como es, y aceptarse además con orgullo y contento. Que a todos nos ha tocado en suerte un terrenito en el que laborar. Que es seguro que habrá alrededor terrenos más grandes y fértiles, donde crecen lechugas mejores que las nuestras, pero que nosotros tenemos que cultivar lo nuestro, el huerto que nos tocó en suerte, sin envidiar lo ajeno, conformes y alegres con nuestras lechugas, por pequeñas y pálidas que sean.

«Tenemos pues que afanarnos en nuestro mundo», les decía a mis alumnos, «es decir, en nuestro huerto y en nuestras lechugas», y a continuación volvía a hacer una alabanza de lo concreto. «Lo concreto, siempre lo concreto», y aquí ataviaba mis palabras con algunas citas ilustres. Les hablaba de cómo Freud dice que hay que apartarse de lo universal y ocuparse de lo concreto, de las contingencias personales, de nuestro pasado individual, de nuestras ciegas marcas. De cómo Goethe afirma que la expresión de lo particular constituye la propia vida del arte, que eso es lo que nos hace distintos a los otros, únicos e inimitables, y que no hay que temer que lo particular no encuentre eco en los demás. De Joyce, que aconseja que se escriba lo que dicta la sangre, no el intelecto. De

Sherwood Anderson, de Juan Ramón, de Montale, de Pla, de Maupassant, de Flaubert, de Van Gogh, de Pessoa... «Y lo que se dice para el artista sirve para todos los que quieran cultivar el arte de vivir. Así que ya sabéis: trabajad en lo concreto, en vuestro huertecito, buscad en vuestra memoria y en vuestros territorios cotidianos, sed fieles a vuestras ciegas marcas, y atended siempre a los requerimientos de vuestro corazón. Recordad lo que decía Cervantes: saber sentir es saber decir.»

Y para concluir la clase, les repartía unas fotocopias de *En busca del tiempo perdido,* de Proust. Era un texto espigado, exactamente el que va de la página 210 a la 253 de *El tiempo recobrado,* en Alianza Editorial y traducción de Consuelo Berges. «Leedlas con atención y después las discutimos y ampliamos en clase. Y esto es todo por hoy. Solo me queda invitaros a emprender ese viaje extraordinario hacia la tierra ignota de vuestro pasado, de vuestro propio mundo. Luego ya entraremos en los mundos particulares de Lorca o de Poe.»

Ahora, volviendo al libro de Emerson después de muchos años, descubro que allí no se dice nada del huerto ni de las lechugas. Solo dice: «... que aunque el ancho mundo esté lleno de oro, no le llegará ni un grano de trigo por otro conducto que por el del trabajo que dedique al trozo de terreno que le ha tocado en suerte cultivar». No sé de dónde saqué yo lo del huerto y las lechugas. Recuerdo que una vez, cómo olvidarlo, fui a dar una charla a los muchachos de un instituto de Logroño. Les conté, cómo no, lo del huerto de Emerson, y al llegar a las lechugas, quizá avergonzado de pronto de repetir siempre lo mismo, siempre las malditas lechugas, o quizá porque en ese momento no recordaba la palabra «lechuga», busqué una variante, y entonces apareció ante mí la palabra que yo no quería, la que me reclamaba y se me imponía fatalmente y que yo sabía que, por más que lo intentase, no podría evitar. Y, en efecto, en vez de decir que todos hemos de aceptar con alegría nuestras lechugas, dije que hemos de aceptar con alegría nuestros nabos, por pequeños y pálidos que sean. Tanto elevarse uno en el discurso, para venir a caer tan de repente de aquellas graves alturas románticas a la realidad más chusca y ridícula, como si lo particular y lo concreto hubieran querido darme una lección o un escarmiento.

Un hombre tiene que empezar de cero una y otra vez. Intentar pensar y sentir solo en un espacio muy concreto, la casa al borde de la carretera, el hombre en la esquina del *drugstore*.

SHERWOOD ANDERSON

Me contentaría con transmitir la luz de una cerilla.

EUGENIO MONTALE

No me contento con la ideología abstracta, sino que necesito la representación real, la composición del lugar, hasta los accidentes más pequeños —hora, color, clima, olor, sonido, distancia— de cada pensamiento o cada ensueño.

JUAN RAMÓN JIMÉNEZ

Es mucho más difícil describir que opinar. Infinitamente más. Por eso todo el mundo opina.

JOSEP PLA

Creo que para escribir no hay que razonar demasiado. Hay, en cambio, que mirar mucho. Ver: ahí está todo, y ver certeramente. Ver con tus propios ojos y no con los de los maestros... Deben evitarse las inspiraciones vagas. Los grandes efectos se consiguen con medios simples y bien combinados. Pero, ante todo, no imitéis ni os acordéis de nada de lo que hayáis leído: olvidad todo, y aunque os parezca una monstruosidad, no admiréis a nadie.

Guy de Maupassant

Todo lo que se mira con intensidad se hace interesante.

Gustave Flaubert

Encuentra bello todo lo que puedas; la mayoría no encuentra nada lo suficientemente bello. En la casita más pobre, en el rincón más oscuro, veo cuadros o dibujos.

Vincent Van Gogh

Poder soñar lo inconcebible, visualizándolo, es uno de los grandes triunfos del escritor. Soñar por ejemplo que soy el hombre y la mujer que pasean a la orilla del mar, los dos a la vez, simultáneamente. O un navío consciente en un mar del sur, o una página impresa de un libro antiguo.

Fernando Pessoa

En el transcurso de mi vida, la realidad me decepcionó muchas veces porque, en el momento de percibirla, mi imaginación, que era mi único órgano para gozar de la belleza, no podía aplicarse a ella, en virtud de la ley inevitable que dispone que solo se puede imaginar lo que está ausente.

Pues las verdades que la inteligencia capta directamente con toda claridad en el mundo de la luz plena tienen algo de menos profundo, de menos necesario que las que la vida nos ha comunicado sin buscarlo nosotros a través de una impresión, material porque nos ha entrado por los sentidos, pero en la que podemos encontrar el espíritu... La impresión es para el escritor lo que la experimentación para el sabio, con la diferencia de que en el sabio el trabajo de la inteligencia precede y en el del escritor viene después. Lo que no hemos tenido que descifrar, que dilucidar con nuestro esfuerzo personal, lo que estaba claro antes de nosotros, no es nuestro. Solo viene de nosotros mismos lo que nosotros sacamos de la oscuridad que está en nosotros y que los demás no conocen... [Pero a la vez] solo mediante el arte podemos salir de nosotros mismos, saber lo que ve otro de ese universo que no es el mismo que el nuestro, y cuyos paisajes nos serían tan desconocidos como los que puede haber en la luna... Aquel ruido de una cuchara contra un plato [o el sabor de una magdalena]... me fueron más valiosos para mi renovación espiritual que tantas conversaciones humanitarias, patrióticas, internacionalistas y metafísicas.

En cuanto al libro interior de signos desconocidos [que todos tenemos ya escrito en lo más profundo de nuestro espíritu], para cuya lectura nadie podía ayudarme con regla alguna, esta lectura consistía en un acto de creación en el que nadie puede sustituirnos y ni siquiera colaborar con nosotros. Por eso, ¡cuántos renuncian a escribirlo! ¡Cuántas tareas se asumen para renunciar a él! Cada acontecimiento, fuera el asunto Dreyfus o fuera la guerra, proporcionó a los escritores otras tantas disculpas para no descifrar aquel libro; querían asegurar el triunfo del Derecho, rehacer la unidad moral de la nación, no tenían tiempo de pensar en la literatura. Pero no eran más que disculpas, porque no tenían, o no tenían ya, talento, es decir, instinto. Pues el instinto dicta el deber y la inteligencia proporciona los pretextos para eludirlo. Pero las excusas no figuran en el arte, pues en el arte no cuentan las intenciones: el artista tiene que escuchar en todo momento a su instinto... [y atender a] ese libro esencial, el único libro verdadero, que un gran escritor no tiene que inventarlo en el sentido corriente porque existe ya en cada uno de nosotros, y no tiene más que traducirlo. El deber y el trabajo de un escritor son el deber y el trabajo de un traductor... Yo había llegado, pues, a la conclusión de que no somos en modo alguno libres ante la obra de arte, de que no la hacemos a nuestra guisa, sino que, preexistente en nosotros, tenemos que descubrirla...

Marcel Proust, *El tiempo recobrado*

6
Un noviazgo

Desde el fondo del pasillo (de mi pasillo más querido), mi abuela Frasca, mi tía Cipriana y yo vigilábamos al atardecer los amores lánguidos de Florentino y Cipriana. Nos sentábamos en sillas bajas de paja en la entrada del corral, y ellos se ponían en la puerta entornada de la calle, Cipri dentro de la casa y Floren al otro lado del umbral. Esto fue en Alburquerque, hacia 1950, que es tanto como decir que en el lejano país de entonces. En aquellos tiempos el cortejo amoroso tenía mucho protocolo y en él participaba toda la familia, y los allegados, y hasta los vecinos, aunque siempre las mujeres mucho más que los hombres. Ellas eran las que concertaban las voluntades y vigilaban a los novios, y los hombres solo aparecían al final, cuando ya el compromiso era seguro y la boda a la vista. De modo que allí estábamos nosotros vigilando aquellos amores todavía primerizos. Oscurecía, sí, pero aún quedaba mucho para la llegada plena de la noche.

La casa era muy grande y destartalada, con patios y traspatios, con corrales, con huerta, con árboles frutales, con desvanes polvorientos y habitaciones clausuradas y en ruinas, con bóvedas y rincones oscuros donde perduraban los ecos, ya muy débiles, de ruidos antiguos, de voces y risas y rumores y llantos de muertos muy antiguos también. En el corral junto al que nos sentábamos a vigilar había un evónimo que se llenaba de pájaros al atardecer. Armaban un gran escándalo hasta que lograban ponerse de acuerdo y acomodarse cada cual en su sitio. El viento andaba de acá para allá, entraba y salía de las habitaciones, abriendo y cerrando puertas, revolviéndolo todo, los carrillos hinchados de furia, como lo pintaban en los libros, y aquel trajín del viento era el primer anuncio del anochecer. Los árboles, el limonero, el naranjo, el granado, el melocotonero, las higueras, el almendro, el membrillo, tan buenos amigos por el día, tan acogedoras sus sombras perfumadas, ahora con el viento sus hojas sonaban amenazantes y siniestras.

Allí en el corral había también un lagarcito para pisar la uva, y en el pozuelo donde caía el mosto, y que estaba siempre sucio de fusca y agua vieja de lluvia, vivía un sapo. No solo vivía allí. Reinaba. Y su reinado se extendía hasta donde alcanzaba su canto. Era el rey de la noche. No había más que oírlo para reconocer su autoridad. En cierto momento, cuando él creía que ya debía comenzar la noche, ensayaba una nota, pero no se animaba a cantar aún. En aquellos tiempos, en aquella casa, el anochecer era un proceso laborioso. Mi abuela Frasca se dormía en su sillita de paja y daba en el abismo cabezadas suicidas. Mi tía Cipriana, madre de Cipri, se aplicaba a la espera, las manos puestas en cuenco en el regazo, las alpargatas juntas y muy bien alineadas, como si esperasen a los Reyes Magos. Lejos se oía acaso el paso tardío y apresurado de una caballería. Con la última luz, alta y escueta en el mirador de la palmera o de un tejado, la urraca venía con su estribillo a increpar y a burlarse del día antes de irse a dormir.

Y otra vez el viento corriendo como un demonio por los zaguanes y poniendo patas arriba todo lo que encontraba. Los muebles gemían, las anillas de las cortinas se ponían a hacer música, la casa entera se llenaba de ruidos y de susurros misteriosos. Y así, poco a poco, íbamos entrando sin querer en la noche.

Durante la tarde, mi tía y mi abuela habían hablado mucho, y también yo cuando ellas me dejaban, pero con el oscurecer los tres nos íbamos callando, hasta que se hacía un silencio total y ya definitivo. Porque ¿de qué va a hablar la gente cuando la oscuridad se extiende alrededor? En la oscuridad las palabras dan miedo, suenan extrañas, como huecas, como ruidos propios de animales más que de personas. Cuando no había luz eléctrica, cuando empezaba a oscurecer y aún no se habían encendido las lámparas, la gente iba dejando de hablar al compás de las sombras, y cuando ya había anochecido del todo y apenas se distinguían las caras, la gente se entregaba al silencio con un fervor casi religioso, todos callados al unísono, oyendo los últimos ruidos del día y los primeros de la noche, confundidos todos en un misterioso trajín de mudanza, hasta que alguien con autoridad se decidía al fin a encender un candil o un quinqué, y ahí acababan aquellos difíciles momentos del tránsito de la luz a las sombras. Algunas cosas —una puerta, un cántaro, un calendario en la pared— se ponían entonces a cuchichear. Así comenzaba la sinfonía secreta de la noche, a la espera de que el sapo viniera a sellarla y a proclamarla con su canto imperial.

En cierto momento quizá mi abuela Frasca se levantaba y entraba en una habitación profunda, oscura y muy fresca, sin ventanas, que servía de bodega. Allí estaban las dos tinajas de vino, el vinagre, la chacina, los quesos, la fruta, los dulces, y muchísimas cosas más, y también era allí donde mi abuela guardaba su tesoro. Cuando salía a comprar o a hacer una visita, por ejemplo, entraba con mucho sigilo en la bodega, se la oía trastear, y al ratito reaparecía con unos billetes muy bien doblados, con una peineta que se ponía en el moño, con los pendientes de oro de su boda, con una labor de pasamanería, con una fotografía antigua o una carta o un documento para enseñar a alguien, y después los devolvía a su lugar secreto. No había vieja en esos tiempos que no tuviese un tesoro escondido. Se levantaba, pues, entraba en lo más hondo de la bodega, y luego salía y se sentaba otra vez en la silla. ¿Qué había ido a hacer? Misterio.

Entreverada de sombras cada vez más espesas, la luz se iba apagando aquí y allá, poco a poco, y aquello parecían las luces que al anochecer se apagan a intervalos en los pueblos, hasta que se apaga la última y todo queda a oscuras. Al fin, después de mucho tiempo, acomodados y dormidos los pájaros, los árboles callados, manso el aire, alta la luna, desatado en su canto ya el sapo, cada cosa en su sitio, la noche toda parecía una estampa, un ensueño, tan triste y tan bonito que daban ganas de llorar. Una débil franja de claridad entraba de la calle y recortaba los bultos de los enamorados.

La casa y la noche estaban llenas de peligros. O mejor dicho, el mundo entero estaba entonces lleno de peligros. En el último traspatio vivía una culebra que hipnotizaba a los pájaros con la fijeza de sus ojos amarillos y su lengua negra de dos filos. Y también podía hipnotizar a los niños. En los desvanes vivía una lechuza y había murciélagos gigantes, y enormes y peludas arañas venenosas. En el pozo habitaba un escuerzo. Si te asomabas al pozo, el escuerzo podía escupirte su veneno y ya no había remedio, la muerte era segura. Te lavaban muy bien lavado en un barreño, te peinaban, te vestían con tus mejores ropas, y así, muy limpio y muy peinado, te metían en una caja blanca forrada de raso. Luego la caja se la llevaban en la carroza negra de los muertos, con el cochero en el pescante vestido también de negro, y el caballo negro, y la caja blanca puesta entre cristales transparentes con cruces pintadas de oro.

Sí, el mundo entonces estaba lleno de peligros. Había una culebra que era gorda y corta, como una babosa gigante. Como no tenía dientes, picaba con la lengua, y su veneno era el más mortal del mundo. Aquella culebra se llamaba aldabón. Para lograr la picadura tenía que limar y desgastar la piel con la lengua, y como tardaba mucho, cinco o seis horas, en llegar a la carne desnuda y poner allí su veneno, no conseguía picar nunca a nadie. En cuanto la persona se movía, por poco que fuese, el aldabón tenía que empezar otra vez a lamer la piel, y aquello era como el cuento de nunca acabar, de forma que, siendo el animal más mortífero del mundo, era a la vez el más inofensivo. Decían: «Si te pica el alicante, / llama al cura que te cante. / Si te pica el aldabón, / avisa al enterrador». Y aunque no había por qué temerle, todos le tenían mucho miedo, más que a la víbora, al escuerzo o al alacrán. El aldabón luego se extinguió, como los dinosaurios, el antílope azul o los dioses antiguos.

En la bóveda del corredor donde nos sentábamos mi abuela Frasca, mi tía Cipriana y yo a vigilar a Cipri y a Floren, vivía un pequeño dragón de ojos brillantes. Una salamanquesa, que por el día buscaba pedazos de sol en las paredes y de noche se venía a dormir a lo más húmedo y oscuro de la bóveda. Todos la respetaban y nadie se atrevía a meterse con ella, porque era un animal muy antiguo y muy sabio, casi sagrado, como si fuese el representante de una deidad venida a menos, o quizá ya extinguida, como el aldabón.

Y luego estaba la lechuza, que también era un poco sagrada, aunque más bien por parte del demonio. Algunas noches el abuelo Luis, como habían hecho todos los hombres en todas las épocas, se quedaba al acecho con la escopeta para esperar a la lechuza. Las lechuzas salían de noche y se bebían el aceite de los candiles y las capuchinas. Pero lo peor es que eran anunciadoras de la muerte, y en eso no se equivocaban nunca. Si una lechuza se posa al atardecer en el tejado de una casa, poco tiempo después en esa casa muere una persona. La culebra, la salamandra y la lechuza eran sabias, de una sabiduría arcaica e insondable que el hombre no conoce, o que olvidó hace ya mucho tiempo. Para los hombres de ahora, ya no hay animales sabios ni sagrados, pero en aquel entonces todavía sí. Aquella era otra época.

Estas cosas se habían contado durante siglos alrededor del fuego, y en verano al fresco de la calle. Mi abuela Frasca y mi tía Cipriana me las habían contado a mí, pero yo ahora no tengo a quién contárselas. Como tantas cosas, aquellos tiempos también se han extinguido.

Un día Floren me llevó con él a una tierrita que tenía en un lugar muy apartado, metida entre sierras bravías y solitarias. Se llegaba allí por un laberinto de veredas borrosas y fuimos los dos en una mula, culebreando entre riscos y bosques de brezos, de chaparros y jaras, y cuanto más nos alejábamos del pueblo y más cerrado se iba haciendo el camino, más sentía yo la emoción del viaje, el delicioso temor a la aventura y al peligro.

Pero yo confiaba mucho en Floren. Era un hombre muy grande y muy pacífico. Mi abuela Frasca y mi tía Cipriana le reprochaban precisamente eso, lo grande que era y lo mucho que estorbaba, y no solo por el bulto que hacía sino por lo pasmarote y parado que era, tan manso que no tenía sangre para moverse, y allí donde lo encontraba la ocasión allí se quedaba quieto, mirando al suelo o a los lados, rehuyendo siempre la mirada. «¿Para qué queremos un hombre tan grande?», decían. Y también: «Tenía que haberse buscado un hombre más aparente y como más recortadito».

Lo que tenía de grande, lo tenía también de torpe. Acostumbrado a los aperos del campo, al arado, a los sacos de trigo o de aceitunas, a los yugos y albardas, el trato con lo pequeño se le hacía muy difícil, y más aún si lo pequeño era además ligero o delicado. Tomaba una taza de café y se le quebraba entre las manos, iba a abrir la puerta del chinero y los cristales se ponían a retemblar de miedo, los pucheros y los platos de loza peligraban con su sola presencia. A mi tía Cipriana le habían regalado hacía mucho tiempo una pieza decorativa, que era el objeto más vistoso que había en toda la casa. Siempre estuvo sobre la cómoda, presidiendo la sala. Se trataba de un pedestal hecho de rocalla y de conchas marinas de diferentes formas y tamaños, y encima, coronando el conjunto, una bailaora flamenca de porcelana con traje de cola puesta en pose, con los brazos alzados y las manos y los dedos rizados graciosamente sobre la cabeza. En la base del pedestal ponía: «Recuerdo de Málaga». Una vez, ya cuando Floren entraba en casa como novio declarado y formal, vino una visita y mi tía Cipriana trajo la pieza a la camilla para que la visita la admirase de cerca. En un momento dado, Floren acercó las manos a la figura, y aunque no llegó a tocarla, solo del avance, y como presa del terror, la figura se tiró de la camilla abajo y se hizo añicos contra el suelo. Así era Floren, tan grande, tan torpe, tan primitivo e inocente.

La tierra adonde me llevó estaba en un cerro y era pequeña y montaraz. Apenas un par de fanegas donde tenía unas cabras, unos cerdos, unas gallinas, una casita de adobe con una sola habitación y una huerta. Esa era toda su hacienda. Pero la huerta era un auténtico oasis entre aquellas sierras solitarias y agrestes. Ni el huerto de Emerson era así de bonito. Tenía un pozo hondo, una alberca, árboles frutales, y todo fresco y verde y muy bien cultivado. Un rincón ideal, y aún más porque estaba escondido entre asperezas y eso le daba un aire de refugio secreto. Atendió a los animales y se puso luego a trabajar en la huerta. Trabajaba con torpeza y obstinación.

Cuando llegó la hora de comer, lo hicimos en la huerta, bajo un sombrajo hecho a propósito para el disfrute del descanso, acomodados en el suelo. Sacó de las alforjas una fiambrera y medio pan. Había tocino de veta, morcilla patatera, queso de oveja y aceitunas machadas. Sacó y abrió la navaja y fue partiendo todo en pedazos ni muy pequeños ni muy grandes y poniéndolos en orden sobre la tapa de la fiambrera, que hizo de plato y de bandeja. Quedó así vacía y lista la fiambrera para cortar en ella cachitos de tomate, pimiento, pepino y cebolla, recién cogidos de la mata. Una pequeña bolsa de cuero y unos cuernos de cabra cerrados con tapones de corcho le sirvieron para aliñar el picadillo, con su sal, su vinagre y su aceite. Eran sus manos grandes y ceporras, más tercas que eficaces. Removió todo con la punta de la navaja y cortó luego rebanadas de pan, que usamos también de plato y de cuchara para dar cuenta del almuerzo. Bebíamos agua a morro de un barril de barro, y me dejó echar dos tragos cortos de la bota, uno al medio y otro al final de la comida. El postre fueron unos higos pasos casados con nueces, y una perrunilla.

Cuando regresamos, estaba atardeciendo. Daban miedo aquellos montes, cañadas y canchales, y los grandes alcornoques emborrascando y poniendo ceñudos ya el rostro y la mirada con la llegada de la noche.

Cipri en cambio era delgada, frágil y muy poquita cosa, y si él era como era, ella tampoco se le quedaba atrás. A juego con Floren, era la mujer más pánfila del mundo, y allí donde estuviera parecía haberse extraviado y no reconocer el sitio al que había ido a parar, y nunca sabía dónde ponerse, de modo que, aunque pequeña, estorbaba tanto como el gigantón de su novio. Cuando estaba sentada, ponía las manos juntas sobre el tapete de la camilla y las dejaba allí como olvidadas, pero si estaba en pie, ¿qué hacer con ellas? Este es un problema que a veces ni la gente de mundo consigue del todo resolver, cuánto menos ella, que era tan sosa y tan elemental. De modo que dejaba caer a plomo los brazos y las manos y, como si los combinase un resorte secreto, al mismo tiempo abría la boca, como pasmada, y así podía estar ya mucho rato. «No escucha, no entiende las conversaciones», pensaba yo a veces. Pero sí, claro que entendía, y cuando se animaba a hablar lo hacía con mucho criterio y muy al hilo de la conversación.

Así los recuerdo a los dos, a Floren y a Cipri, parados frente a frente en la puerta entornada, él cortejándola, ella dejándose cortejar, sin saber los dos qué hacer con las manos, porque en esos momentos no estaban ocupadas ni en las caricias ni en el trabajo, manos ociosas y sobrantes que solo proclamaban la pobreza de espíritu y la condición menesterosa de sus dueños. Lo que mejor definía a aquel cortejo, como a otros cortejos de esos tiempos, era la lentitud. Nunca tenían prisa, y dejaban que el tiempo resolviera por sí solo el noviazgo, y los llevara mansamente al lugar que el destino les tenía reservado.

Recuerdo que una tarde fría de primavera Floren andaba en el corral partiendo leña. Los demás estábamos en la mesa camilla, ya en silencio, porque ya empezaba a oscurecer. Solo se oían los golpes del hacha, sordos y lejanos. Y recuerdo que a cada golpe del hacha, a cada destrozo que él hacía allá fuera, Cipri se estremecía, sufría un sobresalto, y una vez se llevó una mano temblorosa a la boca. Oscurecía, y solo se oían los golpes del hacha, cada vez más apagados por la primera humedad del relente. Y como nadie encendía la luz, porque no había nada que ver, continuamos en lo oscuro entregados a la fatalidad del silencio, mientras alrededor se iniciaba la secreta y laboriosa construcción de la noche. Cuando cantó el sapo, aún seguían oyéndose los golpes del hacha, ya mezclados con el trajín del viento y con el cuchicheo de las cosas en la oscuridad.

7
Iluminaciones

Quizá la mayor tristeza de nuestra niñez, y que anuncia su fin y su extinción, tal como ocurrió con los unicornios o los dioses antiguos, es el descubrimiento de que algún día no muy lejano hemos de ganarnos el pan con el sudor de nuestra frente. Como, además, la vida es breve, la maldición bíblica incluye el deber de darse prisa, de aprovechar el tiempo, de prepararse para el futuro, de ir apartando y olvidándose cuanto antes de los juegos y las pamplinas de la primera edad. No, la vida no es un remanso sino un camino. No hemos venido al mundo a jugar sino a hacernos mayores y a recorrer ese camino y a representar el papel que la naturaleza y la sociedad, fatalmente, nos tienen reservado. Poco tiempo después, como es inevitable, los varones descubrimos también que, en el negocio de la vida, hay además que seducir a una muchacha, cortejarla, bailar con ella a media luz y al son de esa insidiosa y sugerida pornografía sentimental que son los boleros y la música pop, pronunciar palabras que valen para siempre, casarse, convertirse en padre, educar y transmitir a los hijos el mandato inmortal y sagrado del pan y del sudor... Al menos para mí, ahí concluyó lo que quedaba de mi infancia y comenzó ya para siempre el dolor de su pérdida. Ahí, con su espada flamígera, nuestros padres, nuestros maestros, nuestros tutores y allegados, en fin, los viejos y queridos ángeles desplumados que velan por nosotros, nos expulsaron del único paraíso terrenal que hemos llegado a conocer.

Personalmente, a veces pienso que no he superado el drama de dejar de ser niño, y que todo lo que hago lleva la marca de una infancia prolongada en secreto. Lo demás, la literatura, la guitarra, la enseñanza, el obligado amor son cosas que he ido encontrando en el camino, tributos y servidumbres impuestos por la madurez. Pero mi mundo es otro, mi emoción y mi fantasía brotan de un escondido manantial que solo yo me sé, mi verdadero tiempo de plenitud y de alegría ya pasó. El resto, si acaso, es un ansia de tregua, un anhelo grande de paz. Si acaso, en la escritura he encontrado acomodo para que viaje conmigo, en calidad de polizón, el niño que fui. Tal como Robinson Crusoe rescata del barco naufragado todo cuanto le puede ser útil para su futuro solitario en la isla, así yo rescaté cuanto pude del naufragio de mi niñez, y con la ayuda de esos despojos voy sobreviviendo. Con ellos me he construido una vivienda, una mísera réplica del paraíso que perdí, es cierto, pero de la que ya nunca podrá expulsarme nadie. A menudo recuerdo lo que Adorno dijo de Benjamin, y que son acaso las palabras más certeras y hermosas que se hayan dicho sobre él: «Todo lo que Walter Benjamin dijo y escribió suena como si el pensamiento recogiera las promesas de los cuentos, y de los libros infantiles, en vez de recusarlos con despectiva madurez de adulto... Hablar con él era sentirse como el niño que distingue, por las ranuras de la puerta, las luces del árbol de Navidad». Prolongar la infancia, juntar al niño que uno fue con el hombre experimentado y hasta sabio que uno ha llegado a ser, en eso consiste el secreto del arte y de la lucidez, tal como tantas veces les recordaba a mis alumnos.

Pero, además del pan y del sudor, hubo otros descubrimientos que fueron esenciales para llegar a ser lo que ahora somos. Siempre quise escribir algo sobre esos momentos únicos, decisivos, que de pronto corrigen ligeramente la trayectoria de tu vida, y a veces la tuercen hacia un rumbo imprevisto, y que remozan para siempre la visión del mundo que tenías hasta entonces. Son momentos de repentinos y fantásticos extrañamientos, de súbitos resplandores que iluminan violentamente las más hondas tinieblas de nuestro espíritu con algún hallazgo que nos marcará ya para los restos. No son hechos por fuerza importantes, sino más bien al revés, suelen ser azarosos, mínimos y hasta ridículos, pero que no se sabe bien por qué contienen la semilla de eso que, a falta de mejores palabras, llamamos destino.

Yo recuerdo, por ejemplo, una frase... Veréis, yo tenía un tío, mi tío Francisco, que era guardia civil y hablaba poco y siempre muy bajito. A veces venía a casa y, con mi padre y otros hombres, hacían un corro en una mesa y se dedicaban durante mucho tiempo a conversar, a fumar y a beber vino. Hablaban con gravedad y por turno, pero luego a lo mejor las voces se encrespaban, se mezclaban unas con otras a ver cuál podía más, y también había risas y largas cavilaciones y silencios. Impresionaba oír a aquellos hombres tan experimentados, tan vividos, tan grandes, tan sobrados de autoridad y de criterio. Hombres que habían hecho una guerra, que habían viajado, que usaban sombreros y chalecos negros y fuertes botines de becerro, y que lo sabían todo sobre el mundo. Solían hablar seguros y sonoros, y a veces hasta gritaban, pero mi tío Francisco hablaba con voz dulce y como fatigada, y solo de tarde en tarde. Eso sí, cuando hablaba, los otros se callaban del todo para no perderse sus palabras. Yo pensaba que debía de decir cosas extraordinarias, y más porque siempre iba de uniforme, con las cartucheras y la pistola al cinto, y porque era muy alto y de gestos lentos y ceremoniosos. ¿No dispondría de información secreta y por eso hablaba tan bajito? Una vez me acerqué disimuladamente a la mesa y conseguí escuchar una frase suya. La recuerdo muy bien. Dijo: «El problema de las grandes ciudades es que los taxis libres van más despacio que los ocupados, y eso entorpece el tráfico».

Fue oír esa frase y hacerse en mi mente una luz nueva y cegadora, porque acababa de aprender algo importante, algo que explicaba una parte, aunque fuese muy pequeña, del mundo. Ya estaba deseando poder decírsela a alguien, exponerla incluso ante un breve auditorio, con la certeza de que me escucharían con interés y con respeto. Me sentía seguro, incluso poderoso, y capaz de opinar ante cualquiera, porque ahora era dueño de una verdad útil, indiscutible, que me defendería de los desdenes y burlas de los otros. He olvidado muchas frases ingeniosas, profundas, deslumbrantes, pero aquella de mi tío Francisco ha quedado invicta en la memoria, y supongo que me acompañará hasta el fin de mis días. Quién sabe si no he de morir con ella entre los labios.

Aunque hay otras frases no menos bobas y triunfantes que se disputarán acaso ese dudoso honor. Una vez en la adolescencia oí decir en un ultramarinos de mi barrio: «Aquí no trabajamos el mejillón pequeño». Imposible expulsarla de la memoria. Como las moscas en día de bochorno, o como esas melodías que te persiguen sin tregua durante mucho tiempo, a menudo deambula por mi mente y no me deja concentrarme en mis cosas. Estoy leyendo, por ejemplo, o escuchando en un coloquio público a quien me está haciendo una pregunta sesuda a la que he de responder poco después, y aparece la frase, monótona, incansable, distrayéndome, impidiéndome escuchar ni pensar, extraviándome en ocurrencias monstruosas o en otras frases igualmente absurdas. Tentado me he sentido más de una vez, ante preguntas impertinentes, tontas o inocuas, o que sencillamente no sé contestar, de decir: «Mire, lo siento, pero yo no trabajo el mejillón pequeño», y atrincherarme en esa frase, como Bartleby en la suya famosa.

Tampoco se me irá jamás de la memoria la tarde en que llovía a mares y se nos empezaba a inundar la casa. El sumidero quedaba en la terraza que compartíamos con el vecino, el señor Bordas, y había que pasar por su casa para desatascarlo. Por otra parte, también el piso del señor Bordas estaría a punto de inundarse. Así que fuimos en comitiva toda la familia, presidida por un primo mío que era muy mañoso y hablaba en el lenguaje cerrado de los campesinos extremeños. Esto fue en Madrid, en el barrio de Prosperidad, hacia 1965. El señor Bordas abrió la puerta —alto, flaco, importancioso, tieso como un palo—, vestido con su bata de felpa ceñida por un grueso cordón rematado en dos grandes borlas con flequillo. Era un hombre imponente, con mostacho, y con un vozarrón que daba miedo. Trabajaba de oficinista en la Tabacalera, pero por su voz, por su figura, por su gran mostacho y su bata con borlas, parecía un hombre llamado a más altas empresas. No tenía estudios, si acaso el bachiller elemental, pero poseía a cambio amplios conocimientos sobre todas las materias que uno se pueda imaginar. Tenía cinco hijos, a cuál más histérico. Se pasaban el día peleándose y dando chillidos finos como alfileres, que taladraban las sienes. La madre, atractiva, frágil y desesperada, no podía gobernarlos. Ahora bien, en cuanto llegaba el padre, en toda la casa se hacía un temeroso y sepulcral silencio, solo roto por el vozarrón del señor Bordas. Hablaba muy culto y argumentativo, con palabras que le venían rodando desde las tripas a la garganta y que cuando salían por su boca, por debajo de su enorme mostacho tostado por el humo, llegaban ya tan sobradas de criterio que resultaban siempre irrebatibles. Una vez le oí decir: «Por cada cien mil toneladas de carbón, muere un minero. Es cuestión de estadística». Aquella frase me dejó impresionado hasta hoy. Por si fuera poco, su hijo Alfonso, que era de mi edad, me dijo un día: «Mi padre, en su agenda, escribe en griego, para que nadie se la lea», y un día me la enseñó y, en efecto, estaba escrita en caracteres ilegibles, y durante algún tiempo yo creí que escribía en griego de verdad.

Parado en la puerta, ocupando todo el vano, fumando en cachimba, rodeados por el estrépito de la lluvia, el señor Bordas no se avenía a franquearnos el paso. Mi primo le había dicho, en su rudo acento campesino: «Hay que desatascar el sumidero, que con la fusca se ha tupido», y el señor Bordas, después de tomarse su tiempo, dijo: «No se dice *tupido,* y menos aún *tupío,* y en cuanto a *fusca,* esa palabra no existe en castellano», y se quedó en silencio, a la espera, dejando que el tiempo corriese a su favor. Se nos inundaban las casas —vimos a la madre cruzar a la carrera al fondo del pasillo con un cubo en la mano, seguida por sus cinco hijos, que no sé cómo conseguían correr y pelearse a la vez entre ellos—, pero lo más urgente para el señor Bordas era encontrar las palabras correctas. Al fin dijo: «Es incorrecto. Se dice *obstruido»,* y pronunció separadas y enfáticas las tres sílabas. «Y en cuanto a eso de *fusca,* usted lo que querrá decir es *légamo, broza, residuos,* o simplemente *suciedad* o *inmundicia.»* Hizo otra larga pausa, alzó la mirada, como si pidiese favor a las musas, y abandonándose a la inspiración y modulando con la cachimba la línea melódica de la frase, fue poniendo cada vocablo en su contexto: «El tragante del sumidero debe de estar obstruido por causa de la broza acumulada en él», dijo en resonante y pulcro castellano. Y solo tras reparar la dignidad de las palabras, ignorando la catástrofe que crecía a nuestro alrededor, accedió a franquearnos el paso.

Así era el señor Bordas. Yo para entonces debía de andar por los dieciséis o diecisiete años y era ya poeta, vivía un idilio enfebrecido con las palabras, y me parecía que el señor Bordas era un maestro del lenguaje. Y es curioso. Obsesionado como estoy con la exactitud, que me parece uno de los más altos logros del arte literario, por encima de la autoridad de un Tucídides, de un Cervantes o de un Borges, está la de aquel hombre, cuyo magisterio no han conseguido desgastar ni las ínfulas de la ignorancia ni lo estrambótico de la caricatura.

Hay un momento en que K., el protagonista de *El castillo,* de Kafka, camina con tanta dificultad por calles oscuras y nevadas, que se siente perdido y al borde ya de la derrota. Entonces un lejano recuerdo de la infancia viene en su socorro. Un día, allá en su ciudad natal, consiguió escalar al fin el muro del cementerio. Lo había intentado en vano muchas veces, pero solo en aquella ocasión lo logró, sin testigos, y con una facilidad pasmosa. Le pareció entonces que aquella victoria le serviría para siempre, sería «un apoyo para toda la vida, lo que no era tan disparatado, porque ahora, después de muchos años, acudió en su ayuda en aquella noche de nieve y del brazo de Barnabás». También a Lázaro, la calabazada que el ciego le da contra el toro de piedra le dura y sirve para siempre.

¡Qué extraña y cómica es la vida!, sobre todo cuando la contemplamos desde lejos, reducida por la memoria a unas cuantas pinceladas aquí y allá, fortuitas, descabaladas, pero misteriosamente esenciales, de modo que nosotros somos los primeros sorprendidos del balance sentimental que nuestro pasado nos ofrece. ¿Esos somos nosotros?, nos preguntamos, ¿en eso ha consistido nuestra vida?, ¿este montoncito de ascuas y ceniza es el resultado final de las desaforadas, vehementes hogueras de antaño? ¿Dónde está entonces el argumento de nuestras vidas? ¡Qué caprichosa y enigmática es la memoria! A veces nos muestra nuestro pasado con la misma inquietante rareza de los sueños.

Pero a veces ocurre, y esto es aún más inquietante, que esos pequeños hechos fundacionales se han diluido en el recuerdo y no somos ya conscientes de ellos. Y, sin embargo, están ahí, sabemos que están ahí, deambulan a su albedrío por los suburbios de la memoria, siempre vigentes y al acecho. A menudo he tenido la impresión de que alguno de esos mínimos episodios que me ocurrió hace muchos años, y del que no tengo noticias, viene de pronto a alterar la armonía del presente. Diríase que algo quedó en nosotros del suspiro de ayer, que su levísimo soplo ha originado en este instante un temblor apenas perceptible en el aire, algo que acaso mañana sea brisa y finalmente vendaval. Si tuviésemos acceso a nuestra biografía más o menos secreta, compuesta de esas mínimas experiencias casi indetectables, leeríamos en ella que hubo quizá una indecisión, una caricia, una mirada sostenida, unas palabras a destiempo, un gesto inconcluso, un silencio cómplice..., nimios asuntos traspapelados que nos comprometieron y encauzaron nuestras vidas hacia un destino que parece que no fue elegido del todo por nuestra libre voluntad. Nosotros acaso no lo sabemos, o hemos preferido olvidarlos, pero nuestra memoria irracional los recuerda muy bien, y a veces salen a la superficie desde sus aguas abisales y por un instante se nos aparecen, como fantasmas entrevistos, y nos dejan en el alma la vaga angustia del ayer, o el aroma ya casi desvanecido de un momento de dicha.

Ese es el paisaje que ofrece nuestra vida vista en la distancia, unos cuantos episodios desperdigados al albur de los años, y otros muchos que no dejaron apenas huella en la memoria, pero que van con nosotros, y que son los que quizá nos obsesionan, y conforman nuestra sensibilidad y nuestro carácter, y los que inspiran a los poetas, a los pintores o a los músicos. Ese mundo oscuro y tormentoso, y siempre tentadoramente inefable, que todos tenemos muy adentro, y que no conocemos salvo por súbitas iluminaciones, esa es precisamente la materia más preciosa del arte. Todo un tesoro de misteriosos significados y raras intuiciones, de los que no conservamos el recuerdo, pero sí la emoción, y que, a pesar del paisaje desolado que el olvido va dejando a su paso, dan fe de que vivimos muchos momentos de plenitud, y de que nuestra existencia no fue del todo en vano.

Pero acerca de la pérdida de la infancia, al menos para los hombres (no sé qué pasará con las mujeres), quiero anotar en mi cuaderno otro momento estelar que está en el mismo centro y origen de la condena del pan y del sudor, y que es el descubrimiento de algo que es muy difícil de nombrar porque todos sus nombres son asépticos, cursis o blasfemos, y que por eso yo me limitaré a aludirlo como lo innominado, lo intrincado, lo ignoto, lo primigenio, lo indecible, lo esotérico, lo inescrutable, lo omitido, lo dificultoso, lo inconcebible, lo escondido, lo inextricable, lo emboscado, lo problemático, lo ímprobo y finalmente lo imposible.

Ahora, con internet y otros inventos subsidiarios, ha pasado a ser una obviedad, pero hubo un tiempo no muy lejano, cuando no disponíamos de otras imágenes que los santos de los libros, los cromos de las chocolatinas, los tebeos o una película de tarde en tarde, en que esa cosa imposible era una leyenda, un mito, un rumor, algo que ni siquiera podía uno imaginar, porque carecíamos de indicios, de alguna prueba de su existencia, de algo en que sustentar tan atrevida fantasía.

Pero llega el día en que inevitablemente esa fábula o ese imposible se nos aparece, se hace real, y es probable que allí, en ese crítico momento, algo que viene no ya de nuestro instinto sino del más primitivo instinto de la especie, nos revele con una vaga pero inequívoca advertencia cuál es nuestra misión en este mundo, y cómo pronto habremos de abandonar la infancia y ponernos en camino hacia el inexorable porvenir.

A mí lo imposible se me apareció el día en que vi a una mujer orinar en cuclillas. Como yo era niño, lo hizo con desenfado, sin el menor pudor, como si yo no estuviera allí. Fue una visión fugaz, una negra visión fugaz con un súbito relámpago rosa en aquella noche sin estrellas, pero esa visión sigue vigente como entonces, imponiéndose a todas las que vinieron después, por nítidas y evidentes que hayan sido. Unas y otras se han ido borrando o confundiéndose entre sí, pero aquella pervive, quizá porque es portadora del misterio, de lo incomprensible, del incesante asombro ante el abismo que nos atrae con una fuerza más poderosa aún que la de nuestros héroes infantiles, y a la que uno no puede de ningún modo sustraerse. Llegó como misterio y como misterio se quedó. Debí de sentir algo parecido al deseo y a la repulsión —ansia, avidez, animadversión, rabia...—, ganas de huir y ganas de quedarme y de seguir mirando y de no cansarme ya nunca de mirar, aterrado y maravillado ante el prodigio, como los pastorcillos ante una aparición celestial.

Como era una mujer grande con muchos ropones campesinos, y yo allí cerca, pequeño y escueto, aquel momento fue a confundirse muchos años después con la escena inicial de *El tambor de hojalata,* de Günter Grass, cuando Koljaiczek, el abuelo de Oskar, huyendo de la ley, se esconde bajo las cuatro faldas de Anna Bronski, que estaba en el campo, sentada y asando patatas, así de grande era una y de pequeño el otro, y de aquella argucia nació Agnes, la madre de Oskar. Milagro que Ana no devorase y engullese a Koljaiczek después de aparearse, tal como hacen las arañas hembra con los machos que se aventuran en esas hospitalarias y temibles florestas.

La misma sensación tuve cuando leí *El villorrio,* de Faulkner, y me encontré con Eula, la hembra devoradora de machos temerarios, la encarnación sombría de Venus y del poder ciego del instinto, la abeja reina en torno a la cual las estirpes aseguran su permanencia y sustentan su honor. Tiene once o doce años y ya para entonces «su aspecto sugería alguna simbología sacada de los antiguos tiempos dionisíacos: miel bañada por la luz del sol y uvas a punto de estallar, la retorcida sangría de la vid ya fecunda pisoteada por la pezuña dura y rapaz de la cabra». Es muy perezosa. Tardó más de lo corriente en aprender a andar, y lo que más detesta del mundo es moverse. Los dos mejores atributos que Faulkner reserva para ella son la exuberancia y la inmovilidad. La transportan en un insólito cochecito de niño, el primero que se ha visto por aquellos contornos, y que es tan grande como un pequeño carruaje. Hasta los cinco o seis años, la transportaba en brazos un criado negro. Eula, su madre y el criado semejaban «el rapto de una sabina con el extraño aditamento de una dama de compañía». Es de admirar el arte con que Faulkner enriquece a sus personajes con referencias mitológicas sin que la realidad novelesca pierda su independencia y su pureza. Eula nunca supo jugar. No tuvo compañeras de juego ni amigas inseparables. El terrible ascendiente sexual con el que ha nacido la condena a la soledad. Cuando va a la escuela, la han de llevar y traer a caballo. La falda entonces se le sube y lo que se ve es algo «tan profunda y gigantescamente desnudo como la cúpula de un observatorio». Todo en ella es enorme, anormal. Unido eso a su inmovilidad, nos sugiere, en efecto, a una abeja reina. Por donde pasa, los hombres enloquecen, como ocurre con Remedios, la bella, en *Cien años de soledad*. Cuando entra en la escuela, «solo con recorrer el pasillo entre los pupitres los transformaba, a ellos y a los bancos, también de madera, en un bosquecillo de Venus». Y el maestro, Labove, que es un joven que conserva una fe noble y antigua en la educación, en el prestigio del humanismo, al verla por primera vez comprende que, a partir de ese instante, habrá de entablar consigo mismo una lucha titánica para no sucumbir a la violencia de aquella fuerza atávica. En su retiro monacal, Labove estudiaba con fervor a Homero y a Tucídides, pero «Eula proclamaba la sensualidad sin restricciones de las diosas mismas de su Homero y de su Tucídides: la cualidad de ser al mismo tiempo corrompida e inmaculada, virgen y también madre de guerreros y de hombres en plena madurez». Su historia, y la del maestro, y la de los machos en celo que acuden desde muy lejos para cortejarla e intentar fecundarla (y uno de ellos, el Marte triunfante, lo logrará), y la del malvado Flem Snopes, el Vulcano cojo de aquella Venus, que se casará finalmente con ella, es uno de los relatos más hondos y apasionantes que se hayan escrito sobre esa contienda, nunca dirimida y siempre trágica, entre la fuerza de los instintos y la voluntad de oponerse a ellos con las armas de la razón, el estudio, la soledad y la virtud.

Hablando de lo indecible, de lo emboscado y de lo ignoto, de aquello que no hay palabra que acierte a nombrarlo con exactitud, uno no se cansaría de hablar de Faulkner, porque ese es uno de sus más hondos y obsesivos demonios literarios. Mink Snopes, por ejemplo, otro personaje de *El villorrio,* se «había criado en la inconmovible creencia, transmitida de generación en generación, de que para cada hombre (...) estaba reservada una virgen, por lo menos como esposa; a cada hombre le correspondía una virginidad, aunque solo fuese para desflorarla o destruirla». Mink había trabajado en una explotación maderera dirigida por un hombre viudo, cuya hija —única mujer en aquellos parajes— mantiene activo un harén formado por capataces, guardas y peones: todos cuantos trabajan en la explotación. Bajito, enclenque, carente de atractivo, Mink aguarda con ansiedad su turno, humillado por la postergación, hasta que al fin también él es llamado al lecho de aquella hembra formidable. Y quiso el destino, de cuya sinrazón todo está dicho, que el viudo se arruinara y Mink viniera a casarse con aquella mujer, ya repudiada por los machos de la manada, y que viviera ya para los restos enloquecido y atormentado por la virginidad que no solo no le fue concedida sino que le fue arrebatada por una legión de sementales más poderosos y atractivos que él.

Y en *El ruido y la furia,* Quentin Compson vive fascinado y torturado de tal modo por la virginidad de su hermana Caddy, que cree que su misión en el mundo no es otra que la de velar por la integridad de esa frágil membrana de la que depende el honor de los Compson. Por eso, cuando Caddy pierde su virginidad, siendo aún soltera, Quentin no podrá vivir ya sino para lamentar el dolor de esa pérdida. «Los hombres fueron los que inventaron la virginidad, no las mujeres... ¿Por qué no fui yo y no ella quien dejó de ser virgen?» Pocos meses después de la gran e irreparable pérdida, Quentin se suicida. Su misión en este mundo ha concluido. Destruida la frágil membrana, su vida ya no tiene sentido.

Pero volviendo a aquel momento en que se me reveló por primera vez lo innominado y lo encubierto en una visión fugaz y sin embargo ya incesante, recuerdo que cuando leí *Santuario,* yo me sentí parte del grupo de muchachos, ya con pericia y resabios de hombres, que vigilan a Temple Drake (diecisiete años, hija de un juez, universitaria, bonita, ágil y alocada), y que una tarde de primavera la ven subir a un deportivo rojo con tal ímpetu juvenil y tal descuido que deja a la vista «un remolino final de faldas y bragas con puntillas», y allí se quedan los muchachos, cautivos de aquel instante sobrecogedor, llenos de rabia y pesadumbre, mientras el coche arranca hacia uno de los más miserables destinos que pueden aguardar a una mujer. Poco a poco iremos sabiendo por qué la novela se llama así, y cuál es el santuario, es decir, aquello que puede ser profanado, y que, en el oscuro instinto de algunos machos, *debe* ser profanado.

Y también yo he sido Bloom, el personaje del *Ulises*, de Joyce, cuando mira a Gerty con los mismos ojos desfallecidos e implorantes con que los muchachos miraban a Temple: a Gerty tan jovencita, tan guapa, tan pulcra, que esta tarde de verano ha venido a sentarse con dos amigas en unas rocas junto al mar, y que ha elegido para la ocasión una blusa azul eléctrico, una falda de tres cuartos azul marino y ropa interior también azul, todo de color esperanza, porque a pesar de los desengaños aún cree en el amor. Y he aquí que de pronto hay fuegos artificiales y ella se balancea y se echa hacia atrás para verlos subir y explotar allá en lo alto, consciente de su audacia porque hace ya rato que se sabe observada y codiciada y adorada por ese elegante caballero ya maduro que es el señor Bloom. Está oscureciendo, las dos amigas han echado a correr para ver los fuegos más de cerca, y se han quedado solos, frente a frente, el señor Bloom y Gerty, y los dos saben lo que está ocurriendo y lo que va a ocurrir, pero ella sabe también que el maduro caballero es un hombre de honor, lo supo en cuanto lo vio, y está segura de que guardará el secreto de este momento en que ella se va a entregar a él, va a entregarle en ofrenda su más velada intimidad. «Y ella se echó atrás y las ligas eran azules... y más y más atrás... y tenía la cara invadida de un divino sofoco arrebatador... y él le vio también las otras cosas... bragas de batista...», y ella se deja mirar, temblorosa, excitada, segura de su hermosura y su poder, atrevida hasta la desvergüenza, y el señor Bloom no dejaba de mirar «la prodigiosa revelación», en la misma actitud febrilmente contemplativa de las revelaciones celestiales. Entonces subió un cohete, y al explotar en lo más alto se desborda en «torrente de cabellos de oro en lluvia», y el ascenso y la explosión del cohete es también la erección y explosión de placer en la velada intimidad del señor Bloom.

En algún lugar de este cuaderno hablo de los viajes, de lo poco que me gustan y de lo mucho que los añoro, y sin embargo ahora caigo en la cuenta de que me olvidé del viaje esencial, el ineludible, el apremiante, el primigenio, el del peregrinaje a los lugares santos, el mejor y más arriesgado viaje que tantos y tantos aventureros hayamos realizado nunca. Nuestra auténtica y personalísima odisea, no por los arriesgados mares y selvas y montañas del mundo sino por la no menos escabrosa geografía del cuerpo de la amada.

Antes que en la realidad, yo viví ese viaje en los libros. Por ejemplo en *Rojo y negro,* de Stendhal. Recuerdo el desconcierto que sentí al leerlo por segunda vez. Lo había devorado al final de mi adolescencia, y ahora sobrevolaba los primeros capítulos para llegar cuanto antes a las veladas nocturnas del jardín, donde Julien Sorel se atreve al fin a tomar la mano de Madame de Rênal. El erotismo de la escena está enriquecido por la presencia del marido, y tiene lugar bajo un eucalipto tan agitado por el viento como las almas de estos amantes primerizos y deliciosamente transgresores: inocencia sutilmente perversa, mezcla ambigua y feliz de términos contrarios. Amparados en la oscuridad y el mantel de la mesa, Julien es Napoleón yendo a la conquista y posesión de un país prodigioso y remoto en esta noche inicial e iniciática de verano.

País anhelado más que ningún otro para un jovencito que ahora posa la mano en la rodilla de la amada, y la trémula indecisión de los amantes era también la mía, y la mano de Julien era mi mano rozando apenas la piel con la yema de un dedo, y avanzando y extraviándose luego hacia regiones más tibias y recónditas, donde acechaban cíclopes y sirenas, cancerberos, esfinges y dragones, pero a cuyo término, si logramos salvar las asechanzas y peligros, nos aguarda el elixir de la vida y el país de Jauja y la Fuente de la Eterna Juventud y los confines anhelados de la canela y de la miel...

Unos años después, cuando volví a la novela, quise lo primero de todo buscar aquella escena nocturna del jardín. Llegué a ella y descubrí que el árbol no era un eucalipto sino un tilo, y las manos apenas intercambiaban unas caricias tímidas de colegiales. Eso era todo. ¿Y lo demás?, me pregunté en mi desconcierto. ¿Qué había sido de aquellas hondas palpitaciones de la carne, donde habían quedado casi colmadas las más altas promesas del idilio? Desconcertado al principio, enseguida entendí. Había dado por buenos mis añadidos de lector. El eucalipto era el árbol tutelar que presidía la casa de mi infancia, y como había suplantado en mis fantasías a Julien Sorel, el atrevimiento de sus manos ávidas no era sino el de las mías en algunas de mis más inspiradas soledades eróticas. Pero nunca lograba llegar al término del viaje. Apenas rozaba el borde del elástico con la intención de deslizar mis dedos hacia el bosque sagrado, avanzando entre musgos húmedos y tiernos en busca de lo inimaginable e imposible, allí me detenía, conmocionado por la explosión de placer que me devolvía a la realidad, miserable y exhausto, y cubierto de ovas, como los grandes náufragos de antaño.

Pero, como en todos los viajes que he hecho, si dulces son de por sí los viajes, más dulces y hermosos son aún los imaginados o los recordados. Lo que tan larga y ansiosamente se imagina y se espera, cuando al fin se cumple deja en el alma el incierto sabor del desencanto, del espejismo inalcanzable. Como para Babel, para Ícaro, para Gatsby, siempre el cielo y el sol y Daisy nos quedarán muy lejos.

8
Hombres y mujeres

En el mundo campesino y en el ambiente en que viví de niño, las mujeres de mi familia y de otras familias que conocí, allá en aquel entonces, siempre tenían mucho que hacer y nunca sosegaban. Incluso ya al final del día, recogida la cena y fregada la loza, cuando tocaba sentarse alrededor de la lumbre o al fresco de la calle, de pronto se levantaban, desaparecían —veloces y leves como eran—, y al ratito se las oía trastear en otro cuarto. Como las casas eran grandes y hondas, a veces llegaba muy de lejos el sordo atarearse de aquellas mujeres incansables. Los hombres se impacientaban. «¿Qué haces ahora por ahí?, ¿es que no puedes estarte quieta de una vez?» Pero ellas callaban y seguían trasteando. ¿Qué hacían? Misterio. «Tú déjame a mí que yo sé lo que hago», es todo lo que respondían. De ellas, y de sus secretos y sigilos, dependía el orden de la casa, de la familia y hasta del propio mundo.

Veréis, yo tengo una prima hermana, mi prima Antonia, que debe de andar muy cerca ya de los cien años, que va diciendo por ahí desde hace mucho tiempo que yo no he escrito los libros que he escrito, que en qué cabeza cabe que yo sea capaz de escribir libros. «¿No veis que yo lo vi nacer y lo vi criarse desde bien chico?», argumenta, y sostiene que los libros me los escribe mi mujer y que luego yo los firmo y me llevo el mérito y la fama. Pero no hay mala intención en sus palabras, ni da a entender siquiera que eso pueda ser un engaño, una rareza o un agravio, sino que lo dice como la cosa más natural del mundo, porque los negocios entre hombres y mujeres siempre fueron así. Eran ellas las que se atareaban en la sombra, las que se afanaban a escondidas, las que hacían los incontables trabajos de diario con tan menudo ahínco que nadie reparaba en ello sino que parecía que las cosas se resolvían por sí solas, o por intercesión de alguna fuerza etérea, y eran también ellas, las hadas con alpargatas y mandil, las que aún sacaban tiempo —¿cómo lograrían convertir el día en un pozo inagotable de tiempo?— para ayudar a tejer los delirios y sueños de los hombres. Por eso mi prima Antonia pensaba que la idea de escribir libros sería mía, sí, y que acaso yo los tenía inventados en la cabeza, pero que quien los había hecho de verdad era mi mujer, como venía ocurriendo desde siempre.

En aquellos tiempos, mientras las mujeres iban y venían, los hombres se ocupaban de los temas propios de su rango, que eran siempre graves, arduos y trascendentes, y que por eso precisaban de largas reflexiones, de hondas y lentas chupadas al cigarro, de resoplos y de suspiros, y de mucho cabecear y removerse en la silla y derramar la mirada en el suelo. Bajo el peso de tan grandes cuestiones, parecían titanes encadenados que se debatían contra los designios de alguna poderosa deidad, en tanto que las mujeres andaban como flotando y resolviendo problemas con su varita mágica, sin necesidad de aquellas interminables y amargas sentadas pensativas.

Los hombres se ocupaban del porvenir, que era siempre incierto, en tanto que las mujeres vivían correteando por el presente, siempre ligeras y siempre laboriosas. Es más, si las mujeres sacaban tiempo para todo, a los hombres les ocurría que la vida entera les resultaba demasiado breve para llevar a cabo sus proyectos, de tan ambiciosos como eran, y que por tanto no merecía la pena intentar siquiera realizarlos, sino que era mejor pasar directamente a los lamentos y entregarse sin más a la melancolía de lo que pudo haber sido y que, por cosas del destino, por pura mala suerte, se quedó en ilusión, en humo, en sueño, en nada. Campesinos de mediano acomodo como eran, trabajaban muy poco, tratar la venta del trigo y de la lana, del aceite y del vino, echar las cuentas con el cabo de un lápiz en una pequeña y sucia libreta de hojas cuadriculadas, y a veces en el dorso del librito de papel de fumar, mirar al cielo y predecir el tiempo, comprar un trillo o una mula, y no mucho más, y lo que les gustaba y para lo que mejor servían era para mandar y disponer, eso sí lo hacían muy bien, tú aquí, tú allí, mañana capamos a los guarros, afila el hacha, ve al regato a por berro para los perdigones, y siempre criticando a los demás, hay que escarbar más hondo, aprieta más fuerte esa cincha, ¿adónde vas con tanta paja?, y de esa forma parecía que trabajaban mucho y que sin su autoridad y sus desvelos el mundo sería un caos, una ruina, un desastre. Se pasaban sentados casi todo el día, fumando y escupiendo, y luego hacían siestas largas y soporíferas, de las que emergían agotados y de mal humor. Las mujeres en cambio se amodorraban en la silla un ratito después de comer y enseguida estaban ya otra vez en marcha.

Cuando las mujeres salían de casa, sabían lo que iban a hacer, e iban derechas y lo hacían. A recoger los huevos, a ordeñar, a por perejil, a tirar ceniza o agua sucia, a traer leña para el fuego. Con los hombres, todo era más complicado. Nunca era seguro lo que iba a pasar cuando salían de casa. Primero miraban al cielo, luego escupían, luego daban unos pasos y se paraban otra vez y miraban alrededor, y al fin, tras esa ceremonia, sin apresurarse, y aún dudosos, se encaminaban a sus cosas. Pero también podía ocurrir que salieran de casa muy aprisa, a tiro hecho, y que de pronto se parasen en seco y se quedasen en guardia, como extraviados en el espacio y en el tiempo. ¿Adónde iba yo?, parecen preguntarse, y hasta es posible que se rasquen la cabeza haciendo memoria, y entonces nosotros nos preguntamos también: Es verdad, ¿adónde va con tantas prisas y qué hace ahora ahí parado tan de golpe? Porque está inmóvil, el sol cegándole los ojos, y hasta una gallina se ha quedado con la pata en el aire, expectante, a ver en qué para aquello. Si a un hombre le ocurre eso, si yendo a realizar una misión de repente se detiene, duda, intenta en vano recordar, no sabe si seguir o volverse, suspira y cabecea, ya todo el día vivirá cautivo de ese mágico olvido irreparable. Quizá solo se dirigía a buscar una soga o a ver si la cancilla de la huerta había quedado bien cerrada, por si las cabras, seguro que fue una tontería, sí, pero ¿y si en realidad iba a por una azada para cavar una viña que en pocos años produciría el mejor vino del contorno?, ¿y si se le había ocurrido una música, o un argumento magistral para resolver un enredo jurídico?, ¿y si era eso, y por un tonto olvido había desperdiciado algo grande en la vida? Ya por la noche, el día perdido, seguirá cavilando ante la lumbre, amargado, sufriendo la pena de algo maravilloso que pudo ocurrir y al final quedó en nada.

Si un escultor los hubiese grabado en un gran mural didáctico, los hombres habrían aparecido agigantados por la misión heroica que el destino les había asignado en este mundo, en formidables poses de jayanes, porque ellos eran los hacedores de la historia, y lo suyo eran las guerras, los inventos, las ideas, el arte, los negocios, en tanto que las mujeres se afanarían en el bajo relieve, sus figuras minúsculas entregadas a tareas cotidianas, o como mucho pintorescas, porque, en el gran libro de la humanidad, la épica era cosa de hombres y el costumbrismo de mujeres.

Si estaban de pie, los hombres se apoyaban en una pierna y, al ratito, en la otra. Ellas no, ellas aguantaban firmes todo el tiempo. Si hacía frío, los hombres daban patadas en el suelo, se frotaban las manos, o las cerraban y se echaban el aliento en el hueco del puño, se afligían, blasfemaban, les entraba la prisa por marcharse. Las mujeres en cambio se acurrucaban muy amorosas en sí mismas, fingían un estremecimiento y decían: «¡Uy, qué frío hace!», y con eso ya se conformaban y pasaban el trance.

Las mujeres reparaban las pequeñas averías domésticas —hacer un nudo, clavar un clavo, calzar una mesa— en un momento, sin mayor aparato. Los hombres sin embargo eran mucho más lentos, pero ponían tanta maña en la faena y necesitaban de tantos preparativos y herramientas, que el resultado no podía ser otro que una pequeña obra de arte, y como tal quedaba en la memoria familiar.

Las mujeres, como sabían dónde estaba y se guardaba cada cosa, encontraban al instante lo que buscaban, pero los hombres nunca lo tenían claro y enseguida perdían la paciencia y se ponían a gritar, como si los duendes —las mujeres— se hubieran conjurado para que ellos no encontraran lo que necesitaban con urgencia.

Cuando en el pueblo los hombres subían a la plaza o se juntaban entre ellos, o iban donde Pache, también las mujeres aprovechaban para reunirse y hablar de sus cosas. A veces hablaban muy alto y a veces estrechaban el corro y sus voces se hacían casi inaudibles. Y cada poco tiempo se ponían a reír a coro con una risa de lo más alegre y contagiosa. ¿Qué dirían para reírse tanto y con tan buenas ganas? Ya anochecido, cruzaban la calle abrazadas a ellas mismas y a toda prisa, componiéndose con las manos la falda y la rebeca, encendían una luz, prendían la candela y se ponían a preparar la cena.

En el buen tiempo, a veces aprovechaban las tardes de fiesta para ir a buscar cardillos, espárragos, poleo, yerbabuena, de todo, y a mí me gustaba ir con ellas por lo alegres y divertidas que eran. Por otra parte, a los niños nos correspondía estar en los corros de las mujeres, nunca en el de los hombres. Los corros de los hombres eran serios, y a menudo sombríos. Yo sabía que habían hecho una guerra, y a veces me parecía que para ellos la guerra no había acabado aún, que estaban reunidos allí durante una tregua y a la espera de una nueva batalla. Sus voces eran hondas y desabridas, y continuamente escupían, tosían, gargajeaban. Cuando la conversación se hacía festiva y llegaba la hora de las chanzas y las risas, entonces sí, entonces aparecía el alborozo y el gusto de vivir, pero era una alegría de ellos y para ellos, no como la de las mujeres, que era contagiosa y escandalosa y para todos los que quisieran participar en ella. Las bromas de las mujeres a veces eran picantes, pero sin malicia, en tanto que los hombres competían en ingenio y en sobreentendidos, y en ver quién era el que tenía la última palabra.

Las mujeres en general eran muy rápidas; los hombres, muy lentos. Mucho tiempo después los encontré vagamente retratados en Hamlet y en Edipo. La lentitud de Hamlet resulta desquiciante, en tanto que el carácter impulsivo de Edipo, y la rápida y fría determinación con que manda y actúa, sorprende por su tozudez y su arrogancia. Hamlet se demora en monólogos y en diálogos locos e ingeniosos y en juegos de palabras, ajenos a las órdenes que ha recibido del espectro. Edipo va derecho al asunto sin concederse la menor distracción. Para Hamlet, la duda es un hábito, para

Edipo es un escándalo y una dolorosa novedad. Si Hamlet hubiera sido rey de Tebas, la obra de Sófocles habría ocupado cuando menos una trilogía con un final incierto. Si Edipo hubiese sido príncipe de Dinamarca, la obra, cumplida la venganza, habría concluido en el primer acto.

En mi familia había casos extremos de rapidez o de lentitud. Había mujeres tan veloces y decididas que, en una velada familiar, podía ocurrir que desaparecieran de repente, en un visto y no visto, porque de pronto se habían acordado de que había que hacer algo, y se precipitaban a hacerlo. Alguna vez yo pensé que mi tía Juana, hermana de mi padre y esposa de Francisco, el guardia civil, era como mágica, porque la estabas viendo, la oías, pero si en una de las alternativas de la conversación girabas la cabeza para escuchar a otro, cuando volvías a mirar a tía Juana, ella ya no estaba, había desaparecido, se había esfumado, y quizá regresaba enseguida o quizá no, quizá tardaba mucho en regresar, y como todos conocían su manera de ser, nadie preguntaba nada ni se alarmaba por su ausencia. Luego, también de pronto, reaparecía a tu lado, como si tal cosa, incorporada otra vez al coloquio. Hablaba también muy rápido, atropellando las sílabas y hasta las palabras, y había que entenderla por el contexto de las frases, aunque también es verdad que repetía mucho las cosas, nunca se quedaba contenta con lo que había dicho y volvía a ello para ratificarlo, y no una vez sino varias veces, e incluso después de mucho tiempo, cuando ya la conversación iba para otro lado. Y hasta podría ocurrir que al cabo de los meses ella volviese de nuevo a lo suyo, no para añadir o quitar algo, sino solo para remacharlo otra vez, y siempre con las mismas y exactas palabras.

Paco, sin embargo, primo hermano mío por parte de padre, era todo lo contrario. Su despaciosidad llegaba a ser exasperante. Si tenía que tomar una decisión, solía decir: «Me voy al cabezo», y todos sabíamos ya qué es lo que iba a hacer allí: pensar y madurar la decisión. En Quínola, la finca en que vivían, la casa estaba en el declive de un cabezo que era donde se hacía la trilla y se aventaban el grano y la paja, porque había allí muy buenos vientos, además de una gran panorámica. Y era a ese cabezo donde Paco se retiraba a deliberar, como los dioses y los profetas, que se subían a un monte y allí se recogían hasta que, purificados de los simulacros y tontunas del mundo, recibían la gracia divina y el arte de la elocuencia con que congregar y alucinar a las muchedumbres. Entonces regresaban al mundo, y la gente los reconocía enseguida porque llevaban en el rostro el resplandor de la verdad. Eso lo había oído y visto yo en los relatos y en las películas de la Historia Sagrada, que entonces estaba muy de moda. Lo que no sospechaba entonces es que también yo, como mi primo Paco, como mi padre, como Manuel Pache y como tantos otros, habría también de retirarme un día al interior de mí mismo para intentar entender algo del mundo y de la propia vida.

Pero, aunque lentos, los hombres vivían a la vez en un continuo estado de urgencia. Mi padre, por ejemplo, anhelaba que yo estudiase y llegase a ser alguien en el mundo, y para eso me llevó a un colegio de pago. Quería que fuese el primero de la clase, del colegio, el más listo de todos, y quería que lo fuese ya. No el año que viene, o mañana o pasado, sino ahora, ya. Los deseos, si no se cumplían en el momento, se le amustiaban enseguida y ya no valían nada, sino que dejaban a su paso el sinsabor del desengaño. Si había que ir a un sitio, había que ponerse en marcha en el instante mismo de la decisión, porque un ratito después ya no merecía la pena ir a ninguna parte. Por el contrario, mi abuela o mi madre sabían disfrutar del tiempo que media entre el deseo y la realización, de modo que, si no llegaba a lograrse el deseo, al menos llevaban ya algo ganado de antemano.

En el bazar de mi memoria encuentro episodios donde la rapidez o la lentitud son los protagonistas de fondo del relato. En muchas películas he visto cómo el malvado camina despacio, ajeno a toda prisa, mientras la víctima corre atropellada, poniendo tierra por medio con su perseguidor. Y sin embargo sabemos que, por mucho que se apresure y que se aleje, por más que trace en su huida un laberinto inextricable de caminos, o elija los más recónditos lugares donde esconderse, inevitablemente, fatalmente, el malvado terminará dándole alcance. Resulta también inquietante cómo en una película del Oeste dice el sheriff: «Acamparemos aquí». «Pero, sheriff, nos llevan seis horas de ventaja.» Y el sheriff: «Los caballos tienen que descansar», y nosotros no tenemos duda de que al día siguiente, en efecto, darán alcance a los forajidos.

Quien acaso lleva al extremo la distorsión del espacio y del tiempo (que es más o menos la misma que conocemos por los sueños y que por eso nos resulta absurda y a la vez de lo más verosímil y hasta familiar) es Kafka. En sus relatos hay personajes que nunca acaban de llegar a los sitios, por cortos y hasta ridículamente cortos que sean los trayectos. Hay un jefe de oficina que sale espantado de la casa de uno de sus empleados, que acaba de convertirse en un enorme insecto, y tanto es su espanto que retrocede mirando por sobre el hombro, incapaz de apartar la vista del monstruo, y algo tiene también de monstruosa la lentitud con que se aleja, porque seis páginas después, cuando ya creíamos que se había marchado, descubrimos que aún sigue allí, con la barbilla apoyada en la baranda de las escaleras, en una actitud medio cómica, y más cómica aún cuando de pronto da un salto y sale corriendo escaleras abajo con una precipitación semejante a la estampida de los personajes en algunos finales de las historietas del tebeo. En *El castillo,* los ancianos padres de Barnabás, el mensajero, parten del fondo de la única habitación de la casa para venir a saludar a K., pero avanzan con tanta lentitud, o bien el espacio que han de recorrer es tan desmesurado, que siempre están lejos y nunca acaban de llegar, porque ese es el destino de las criaturas de Kafka, esforzarse obstinadamente tras un objetivo que siempre estará un poco más allá, siempre más allá.

Deprisa o despacio, en esa tarea nos afanamos todos. Vivir es estar de camino hacia ninguna parte, y solo el viaje le da un sentido a la existencia. Las mujeres de mi familia solían ir deprisa, en tanto que los hombres parecía que, más que ir de viaje, se habían sentado a esperar al borde del camino y no tenían prisas en proseguir la marcha. Vivían, y el tiempo iba haciendo su oficio. Antes de llegar a viejos, ya los hombres habían renunciado a seguir adelante.

Las mujeres en cambio no paraban de andar hasta el último aliento. De muchachas habían llevado acaso los cabellos sueltos, libres, para que el viento los moviera, mojados por la lluvia, dorados por el sol, desbaratados al correr, resueltos en trenzas, en colas de caballo, alborotados por el puro ímpetu de vivir. Ya de casadas, puesta a resguardo su belleza, se lo recogían, se hacían un rodete o una permanente de muchos rizos y volumen, y así pasaban los años, y cuando pasaba también la edad de la belleza, que venía a coincidir más o menos con la edad fértil, se hacían un moño, y ese moño iba siendo cada vez más pequeño hasta que, al llegar a las puertas de la vejez, era ya duro, apretado, del tamaño de una pelota de tenis, y a veces todavía más pequeño. No sé cómo lo conseguían. Una vez sorprendí a mi abuela Frasca con los cabellos sueltos. De espaldas, frente a un espejo, se los estaba desenredando con un peine de púas muy finas, y era una cabellera ancha y espesa del color del acero que le llegaba a la cintura. Me quedé quieto, sin dar crédito, sin entender cómo todo aquel pelo podía caber en un moño tan pequeño, y salí con sigilo, avergonzado, sin que ella lo notase. Aquel fue también uno de esos momentos incomprensibles que la memoria ha atesorado como un signo que siempre estará por descifrar. Y así, con sus espléndidas cabelleras escondidas en moños duros como terrones, seguían adelante, siempre adelante, incansables, fanáticas, obstinadas en una misión de cuyo cumplimiento parecía depender la armonía del mundo y el sentido mismo de la existencia, como las desdichadas criaturas de Kafka.

9
Plegaria

¿Y las palabras, dónde están?, ¿por qué han desaparecido todas de repente? Como una bandada de aves migratorias, han levantado el vuelo durante la noche y se han ido lejos, hacia algún apacible confín. Tras la ventana, comienza un nuevo día. Hasta aquí llega el lejano fragor de la ciudad. Estamos en Madrid, en un día esquinado del año 2019. Como cada mañana, me he sentado a mi mesa y me he puesto a escribir. Llevo ya dos horas y no consigo escribir nada. Mi pequeño huerto es un erial, donde no crecen siquiera malas hierbas. Escribo y tacho, escribo y tacho. A veces tacho como la adolescente que, al regresar a casa, se encierra en el baño y se lava furiosamente las bragas con la pastilla familiar de jabón. Dale y dale, como si cumpliese una penitencia. Y parece que nunca llegará a borrar la mancha de su pecado, la vergüenza de su propio cuerpo. Hay días en que, si pudiera, tacharía todo lo que he escrito hasta hoy.

Son días en que el alma se apaga y en que la mente, huérfana de palabras, regresa a un hermetismo que parece rememorar las edades arcaicas del hombre. Hasta el corazón parece haberse apagado también. ¿Y qué puede uno escribir cuando ya no se siente? Uno recuerda entonces lo que decía Cervantes: «Saber sentir es saber decir», o lo que decía Goethe: «Basta con sentir». Como en los versos de Antonio Machado («En el corazón tenía / la espina de una pasión; / logré arrancármela un día: / ya no siento el corazón»), uno tampoco siente nada, sino hastío, ante los requerimientos de la vida, del mundo. Lejos quedaron las emociones, la alegría, el asombro, nada nos interesa y todo nos enoja. ¿Hay algo peor que la apatía del corazón? «Divina espina dorada, / quién te pudiera sentir / en el corazón clavada.» ¡Oh, sí!, volver a sentir, volver a amar, volver a escribir, aunque fuese a costa del dolor, del divino dolor de vivir.

¿No convendría salir a la calle y confundirse con el mundo? Pero uno sigue sentado a la mesa, escribiendo y tachando, escribiendo y tachando, dándose de cabezadas contra una frase, esperando a que, como otras veces, vuelva el calor vital a las heladas galerías del alma. Es el momento de hacer sobre uno mismo una enmienda a la totalidad. «Tú no sirves para escribir», me digo. «Pues llevas escribiendo más de cincuenta años», me contesta el hombre, el buen amigo, que siempre va conmigo. «Sí, pero con astucia y tozudez, no con talento, no con inspiración. Robando lechugas en los huertos ajenos. Y además tampoco sabes hacer novelas.» «Ya has hecho unas cuantas.» «Sí, pero no sabes cómo las hiciste, no te acuerdas. Debió de ser cosa de la casualidad, y claro, así salieron, dificultosas y confusas. O quizá es que ya has vendimiado toda tu viña y no te queda nada que contar. Ya nunca lograrás escribir una página que tenga vida propia.»

Regresan entonces las incertidumbres del principiante, del eterno aprendiz. No se te ocurre nada. Imposible escribir una línea. Solo agarrar la pluma y, con el peso, la mano se te derrumba como la de un pelele. La memoria es un páramo, la imaginación aletea mucho, sí, pero no consigue levantar el vuelo. Al revés: vas a escribir, y son las palabras las que echan a volar apenas notan tu presencia. Pero si, aun así, intentas escribir o alargar lo poco que tienes a fuerza de oficio y de tesón, puede ocurrir que te enfangues en el mero lenguaje, o en la magia envolvente de la sintaxis y de las palabras que acaso deslumbran, sí, pero no alumbran ni dan un poco de calor.

Pasan dos, tres horas, un día y otro día, y las palabras sin aparecer. ¿Adónde habrán ido? ¿Por qué no acaban de volver? ¿Se habrán extinguido, como los dinosaurios, los aldabones o los hombrecillos inmortales que conocí en mi infancia? Abres un libro, y tampoco las encuentras allí. Las veo, sí, y las pronuncio en alto, pero no las reconozco, no son ellas, no son mis viejas, mis queridas palabras. Leo algún párrafo de mis autores favoritos. ¡Qué gusto regresar a tus viejos y queridos autores! Tras una larga ausencia, tienen el doble encanto de descubrir lo ya conocido, de transitar con zapatos nuevos caminitos de ayer. Es como un palimpsesto: sobre las borrosas páginas del Onetti o el Cernuda de ayer, releo las páginas recién hechas de hoy. El olvido, amanuense incansable, se ha encargado de caligrafiar e iluminar de nuevo las letras desdibujadas del papel. Pero hoy las palabras de mis mejores libros me suenan a palabras de periódico. Siento el torpe laboreo de los grandes artífices de la lengua. Hasta Quevedo o Valle Inclán tienen un no sé qué de jornaleros, de gente menesterosa que anda también a la rebusca. Palabras ya sin gracia, palabras cansadas, con la cara sucia por los churretes de la cosmética que tanto lució en tiempos. Acerco el oído a sus finos metales y maderas, pero de sus entrañas solo me llega un confuso rumor de brega. ¿Por qué no dejas de escribir y te dedicas a otra cosa?, me digo. ¿Por qué no te dedicas a trabajar el mejillón pequeño? O mejor aún, ¿por qué no dejas para mañana, o para el año que viene o para el otro la promesa de esta página en blanco? Eso es precisamente lo que habían hecho un par de amigos míos que tenían talento para escribir, pero que no escribían, porque con saber que tenían talento, y que algún día habrían de escribir obras maestras, con eso les bastaba para vivir contentos con el presente y en paz con el futuro.

Pero como no confío en mi talento, y mi inseguridad me hace además ser tozudo hasta el fanatismo, elevo entonces mi plegaria al señor de la invención y de la gramática.

«¡Oh, señor!, a ti me encomiendo, socórreme en estos momentos de aflicción en que al tomar la pluma no sé si empuño el látigo o el cetro, lléname la cabeza de fantasías y concédeme la gracia de encontrar el nombre exacto de las cosas, de hacer poderosas las palabras humildes, interesante lo vulgar, nuevo lo viejo, de modo que pueda imaginar lo que nadie ha imaginado antes, y decirlo como nadie lo ha dicho nunca. Líbrame, señor, del sueño de la perfección, pero a la vez recuérdame que no merece la pena escribir si no se aspira a la perfección, para que así yo pueda conseguir el misterioso encanto de lo que, siendo imperfecto, sugiere un vago presagio de perfección. Haz por mí ese milagro y yo te amaré siempre sobre todas las cosas.

»Ayúdame a abandonarme descuidadamente a la inspiración, y a escapar de las garras de una excesiva responsabilidad y del miedo al fracaso, pero a la vez no me conviertas en un irresponsable que escribe a lo que sale, juguete de las musas, porque eso sería también una desgracia, haz de mí algo intermedio, concédeme el don de escribir a la vez como un sabio y un niño, o como ambas cosas a la vez, payaso y erudito, loco y cartesiano, dómine y funámbulo, hormiga y cigarra, enamorado, astrónomo, insomne, soñador. Y si me otorgas el poder de ser ignorante de nuevo y entrar en la región encantada de la inocencia, no te olvides de proveerme de unas alas, frágiles membranas, con las que pueda fugarme de esa región cuando me sienta prisionero de ella. Y hablando de esto, señor, no te canses de recordarme que he de amar los detalles, que con un hilo se entra en el laberinto, con un poco de cera se sale de él, por una manzana se pierde un paraíso, por un clavo un reino, y no consientas que me pierda en abstracciones sino que aprenda a descubrir el valor de lo pequeño y lo particular, que en su mínimo seno esconde la semilla de todo lo grande y esencial.

»Pero si me extravías en la ignorancia y la inocencia y a la vez me das alas para huir de ella, cuida de que el peso de la prosa no vaya a impedirme elevar el vuelo. Hazme leve, pero hazme también denso, y transparente y opaco a la vez. Y, hablando de volar, y ya puestos a pedir pequeñas cosas, líbrame de pensar y planear demasiado para que la imaginación vuele mejor y pueda así abandonarme a la fluidez de la escritura y a los apremios del corazón. Y ya de paso, señor, líbrame del ingenio y de la galanura de la prosa, y recuérdame a cada instante que he de libar en la flor y no en la miel.

O mejor: no me libres del ingenio, que ya me encargaré yo de no sucumbir a sus encantos.

»Muéstrame el mundo como si estuviera recién hecho y lo viese de nuevas. Hazme sentir que cuando escribo estoy diciendo más de lo que digo, y que las palabras que salen de mí valen siempre mucho más que yo. Infinitamente más. Y ya de paso dame fuerzas para escarbar en la evidencia, hasta socavarla, para ver qué cosas, qué maravillas, qué secreto y cómico absurdo se esconde en su interior. Y hablando de evidencias, inspírame a cada instante para decir con ambigüedad lo que es evidente, y con precisión lo que es sutil. Pero, entre el sentido común y el absurdo, concédeme un buen lugar donde vivir y laborar. Y un buen lugar también entre lo sentimental, para no caer nunca en la cursilería, y lo trágico, para no precipitarme en lo patético. No me extravíes en jardines psicológicos o doctrinales, y, si lo haces, no permitas que se formen grumos teóricos o edificantes, sino que todo sea soluble y no enturbie las corrientes aguas puras, cristalinas, de la narración.

»Conviérteme en el artesano que, en la soledad de su taller, resuelve problemas con maña y con ciencia, pero que a la vez, ya no artesano sino artífice, rehúsa los caminos llanos que le ofrece la lógica y afronta el riesgo de los rumbos quebrados e imprevistos, que acaso lleven a maravillosos parajes insólitos, es cierto, pero acaso también a negros abismos por los que despeñarse. Así, eso es, hazme temerario y repentino pero provéeme a la vez de buenas herramientas para mi trabajo, un catalejo con que otear el sendero narrativo por el que camino, una lupa para explorar los entresijos de la historia, un caleidoscopio con que pueda relacionar y entrelazar unas cosas con otras y crear así figuras nuevas e imprevistas.

»Hazme valiente, señor, para aventurarme en lo desconocido. Y ayúdame a liberar la palabra del concepto, y a pensar con imágenes, porque solo así podré encontrar vetas nuevas en la realidad y nuevas formas de llamar a las cosas. Concédeme vigor mental y alma de comediante para confundirme con el mundo, para transmutarme en ese pordiosero que se rasca los tobillos al sol, para sentir lo mismo que siente un barco en plena tempestad, para verme a mí mismo en mi primera noche de muerto bajo el túmulo de las estrellas, para ser el asesino que afila el cuchillo y espera a su víctima en la oscuridad y ser también la víctima, y el cuchillo, y las chispas del cuchillo brincando en la oscuridad, y que nada en el mundo sea ajeno a la fuerza desatada de la imaginación.

»Contra la pereza, señor, y contra la rutina, líbrame. Ilumíname con imágenes, te lo pido otra vez, con que romper la dura cáscara de los clichés, de la lógica, de la propia razón. Y a la hora de contar una historia, dame oídos para oírla, y que ella me diga cómo quiere ser contada, y hazme mínimo y humilde para dejarme arrebatar por ella y por su ritmo. El ritmo, el ritmo, siempre el ritmo, porque en él está todo. Ayúdame a pensar con un golpe de intuición lo que quiero decir y a decirlo sin más. Recuérdame que la belleza de una frase o de una página no es nada comparada con la de una escena o un capítulo. No permitas que me enrede en cada frase, en cada palabra, sino por el contrario lánzame sin piedad al río voraginoso de la sintaxis. Y hablando de ríos, dame fuerza y talento para que, al escribir, el pensamiento y la imaginación vayan un paso delante de la pluma, abriendo brecha, la mente viva y tensa, puesto el instinto de cazador y la certera puntería en las frases venideras, explorando siempre las márgenes y el horizonte del río narrativo y sintáctico por el que navego. Concédeme la perspicacia de ver los procesos que discurren bajo las cosas, los ríos de tiempo por los que también ellas navegan.

»Mira mi mano, poderoso señor, mira mi pluma cerniéndose sobre el papel: hazme ver y sentir el dinamismo y la tensión que hay en cada frase, su pequeño y secreto argumento, para que yo pueda llevarla en volandas y colmar así el ansia que toda frase tiene por llegar al final, y de paso revélame la herencia que cada frase o cada párrafo lega a los venideros. Así, eso es, recuérdame a cada paso que la sintaxis es una fuente inagotable de invención, que basta cambiar el sujeto o el verbo o los complementos de una frase para encontrar un nuevo punto de vista y dar un giro de caleidoscopio a la realidad. No apartes de mi memoria la certeza de que no hay nada definitivo, de que todo cuanto se afirma está amenazado siempre, a cada momento, por una oración adversativa.

»Y no permitas, señor, que olvide el lenguaje oral que oía de niño, recuérdame que esa y no otra es mi mejor escuela literaria, que allí mejor que en ningún libro está la música de la lengua, sus inagotables melodías, sus múltiples ritmos y registros, su verdadero genio. Y, según vaya escribiendo, permíteme intuir, solo entrever muy vagamente, la sombra simbólica de lo que escribo, su margen esencial, para sentir así mejor el delicioso y sobrecogedor poder de las palabras y de las historias.

»No permitas, mi señor, que confíe más en el argumento que en la escritura, pero regálame buenos argumentos, y haz que mis invenciones sean tan vívidas como mis recuerdos más reales, y que la imaginación muerda en el tema de un modo tan feroz y profundo que no pueda ya soltar su presa.

»Y no te olvides de hacerme compasivo y misericordioso para poder abandonar así el territorio sombrío de lo individual y ocuparme del mundo, de la gente, de los personajes, y ver y comprobar que cada cual tiene sus razones, porque indagando en sus razones se me revelarán también sus más hondas miserias, y entonces mi alma se iluminará, y el cascabel del humor y de la ironía repicará de nuevo, y el mundo y sus gentes aparecerán ante mí más verdaderos e insondables que nunca.

»Oye mi plegaria, señor, y apiádate de mí, en esta mi hora funesta de escritor.»

Y así va uno trampeando, sobrellevando sus miserias de escritor y contador de historias. Hasta que luego un día, porque sí, porque tu plegaria ha sido atendida y se ha obrado el milagro, se escucha un rumor a lo lejos: son las palabras que regresan de nuevo, entre risas y músicas de fiesta. Son ellas. Entonces, un vago relieve se recorta entre la bruma, y aparecen aquí y allá una imagen, el eco de una voz, la silueta de un personaje, una idea, una expectativa, el lejano rumor de un conflicto. Débilmente, misteriosamente, uno vuelve a sentir la divina espina dorada punzando el corazón, y nota que las frases, el relato entero, comienza otra vez a latir. Uno entonces respira hondo y una vez más descubre que, en efecto, los milagros existen.

10
El Madrid de entonces

Cuando yo era niño y llegué a Madrid, ¡qué tiempos aquellos!, había mucho que ver, y más para mí que venía de un pueblo donde no había más maravillas que las que venían en los cuentos que nos contaban a los niños. Aquella época fue irrepetible, como todas las épocas, y la gente y los sucesos de entonces no volverán ya nunca, y morirán cuando ya nadie los recuerde.

Yo tenía nueve o diez años y estaba interno en un colegio de curas. Los curas nos llevaban los domingos unas tardes al fútbol, a Chamartín o al Metropolitano (eran los tiempos de Puskás y Di Stéfano, de Peiró y de Pazos), y otras tardes a pasear por las calles céntricas de la ciudad. Entonces en Madrid había muchos solares. A veces te metías por una calle y enseguida te salían al paso las afueras, con un confuso e inquietante paisaje que no era ya ni campo ni ciudad. Había tranvías azules conducidos por hombres tristes que llevaban la gorra ladeada y una colilla apagada colgando de los labios, había grupos de muchachas vestidas de colores y agarradas del brazo ocupando entre risas el ancho de los bulevares, había ovejas sucias en los descampados, había hombres pequeños y jorobados que llevaban a cuestas un árbol con rojas manzanas caramelizadas, había viejas sentadas con sus ropones ante una cesta en la que había pipas, regaliz, palulú, caramelines de menta, tabaco, chicles y piedras de mechero. Por las noches, yo me moría de nostalgia pensando en mis padres, en mi abuela Frasca y en su tesoro escondido y en mi tía Cipriana cuando vigilábamos al anochecer los amores de Floren y Cipri, y en el canto del sapo, y en el viento corriendo furioso por toda la casa, y me parecía que aquel mundo se había perdido para siempre.

Pero, volviendo a lo de antes, lo que más nos gustaba a todos los niños de aquellas salidas era ver pasear a una familia que se hizo famosa en el barrio en aquellos tiempos y que constaba de seis miembros: el padre, la madre y los cuatro hijos, dos niños y dos niñas. La mujer era menuda y bonita, y vestía con una elegancia sencilla y anticuada, como de épocas románticas, porque llevaba un sombrerito de fieltro con bayas y flores y un vestido con bordados y encajes que le llegaba casi hasta los pies. Los hijos iban los cuatro muy limpios, los zapatos lustrados a conciencia, los niños de azul y las niñas de rosa. En cuanto al padre, era gordo, muy gordo, ridículamente gordo, pero se movía con mucha levedad, como si flotase, y según algunos, y como nosotros mismos, los niños del colegio, pudimos ver más de una vez, flotaba de verdad. Iba caminando y de pronto se elevaba y flotaba durante dos o tres metros, y no solo eso, sino que, como llevaba a dos de sus hijos de la mano, los niños flotaban también con él, los tres risueños y felices, y un poco más allá se posaban en el suelo y seguían tan panchos su camino.

Aquel hombre dio mucho que hablar y suscitó muchas controversias y sentimientos encontrados. Yo los vi pasear por María de Molina, por la avenida de América, por los bulevares de Juan Bravo y de López de Hoyos. Y cuentan, y nosotros lo podemos atestiguar, que los hijos iban siempre discutiendo y forcejeando entre ellos porque todos querían ir de la mano del padre. Cuando flotaba, la madre y los otros dos hijos tenían que dar una carrerita para recuperar el terreno perdido.

Luego seguían caminando los seis al mismo ritmo, y nunca se sabía cuándo el padre iba a ponerse otra vez a flotar. Por la noche, ya en el colegio, los niños comentábamos entre nosotros el misterio de aquel hombre, lo cual nos llevaba a otros misterios, de los muchos que había en el mundo por entonces.

Había un rumor sin embargo que decía que aquel hombre no flotaba, porque es imposible que ningún hombre flote, sino que aceleraba el paso al tiempo que saltaba y aupaba en volandas a los hijos y que, como era muy gordo y a la vez muy ágil, pues daba la sensación de que flotaba, pero que era solo eso, una sensación, una broma, un truco para tontos. Pero con eso no quedaba ni mucho menos aclarado el misterio, porque nosotros mismos veíamos cómo en efecto flotaba de verdad durante un trecho, y cómo se elevaba del suelo algo más de una cuarta mientras agitaba en el aire los pies. Éramos ocho o nueve, o quizá más, y no íbamos a ser todos víctimas de la misma ilusión.

Otro rumor apareció entonces con el supuesto de que el hombre ocultaba bajo la ropa una segunda vestimenta neumática y un artefacto para inflarlo con aire caliente y luego desinflarlo, y que no había más misterio que aquel. Y se aducía como prueba complementaria que aquel hombre solo era ridículamente gordo los domingos, y solo mientras caminaba ante testigos por calles transitadas, pero que luego, cuando el grupo familiar se internaba por calles pequeñas y solitarias, o cuando empezaba a oscurecer, o los días de diario, era un hombre como otro cualquiera, robusto, sí, e incluso gordo, pero de ningún modo ridículamente gordo.

¿Y los curas?, ¿qué opinaban ellos de aquella familia singular? Los curas hundían las manos en los bolsillos de las sotanas, se balanceaban flexionando las puntas o los talones de los zapatos, sonreían y callaban. Igual que Dios aprovechó el domingo para descansar del mundo, parecía que también los curas descansaban los domingos de Dios. Iban alegres, ágiles, muchacheros.

Pero un día en misa, durante la consagración, algunos lo vieron elevarse al tiempo de la hostia y del cáliz, y lo tomaron por una burla a Dios. Fue entonces cuando la gente empezó a mirar a aquel hombre gordo de través, a sacarle defectos por cualquier cosa, a ver segundas intenciones en todo cuanto hacía. Y de ahí al rencor y a la maledicencia solo hubo un paso.

Solían merendar en los quioscos de los bulevares, en sillas de hierro pintadas de verde y alrededor de una mesa también de hierro y también verde, y a veces el padre tiraba al aire trocitos de comida y los recogía al vuelo con la boca. Los hijos aplaudían y se ponían a imitarlo, y la madre asistía a aquel juego con benevolencia, lo cual era una forma de participar también en él. Incluso se atrevían a tirarles bolitas de pan a los demás comensales, hablaban en alto, reían a carcajadas, el padre imitaba voces, contaba chistes, comía con las manos y a veces exageraba a lo bestia el ruido y los gestos de comer e invitaba a los hijos a hacer lo mismo, parecían cerdos o leones comiendo entre gruñidos, se subía hasta las rodillas las perneras de los pantalones y jugaba a hacer chasquidos con las ligas elásticas de los calcetines, sostenía tenedores y pescadillas fritas en la punta de la nariz, hacía malabarismos con manzanas, y una vez incluso cantó ópera. Allí mismo, en plena calle, sin pudor ni respeto a nadie. Según dicen, cantaba muy bien, como Caruso o Mario Lanza, pero también decían que no cantaba en serio, sino como imitación y como escarnio. Se habló incluso de llamar a la policía.

Todas sus cualidades, como las de flotar, cantar ópera, imitar voces, hacer malabarismos, y supongo que muchas más, quedaban desautorizadas porque no las hacía en serio, y porque en el fondo no era un artista sino un mero farsante, que solo buscaba hacer rabiar a los demás. Y así todo. Flotaba, es cierto, se le podía conceder esa habilidad, pero no era propio de un buen padre llevar por el aire a sus hijos y exponerlos así a una caída peligrosa. También bailaba muy bien, por cierto, y lo hacía en plena calle, y también sabía mover las orejas, pero ¿de qué vale bailar bien o mover las orejas si se hace, no para deleitar al prójimo, sino para chancearse de él? ¿Cuáles son los límites del arte, hasta dónde la libertad es tolerable? ¿Para qué están además el teatro y el circo? No, no se podía ir por el mundo burlándose de todo. Usaba corbatas y bufandas extravagantes, jugaban a la rayuela en pleno bulevar, también él, con lo gordo que era, un domingo apareció con un sombrero hongo y un bigotín postizo, unas veces caminaba de un modo y otras veces de otro, y hasta se hacía el cojo cuando le convenía, y en una de esas hizo una demostración ante los suyos: se acercó a la puerta de una iglesia y, haciéndose el tullido, se puso a pedir limosna, y le dieron y sacó bastante, porque como lo vieron con una figura tan grotesca, se apiadaron o se asustaron de él, y todo eso ante las risas de su mujer y de sus hijos, y con lo que sacó se compraron helados y se los fueron comiendo tan ricamente por la calle. Con ese ejemplo y esa educación, ¿qué iba a ser de los niños el día de mañana? Y en cuanto a la mujer, ¿qué tipo de esposa y de madre es la que consiente ese desbarajuste familiar? Ahora los curas ya no se balanceaban ni se reían. Se volvieron torvos y sin ganas de broma.

Total, que no sé si por casualidad, o más probablemente por la animadversión que llegó a despertar entre muchos del barrio, el caso es que un día aquella familia desapareció, y no volvió nunca más a saberse de ella. Y entretanto había pasado el tiempo, los curas nos sacaban cada vez menos de paseo, y cuando quisimos darnos cuenta nos habíamos hecho mayores, y hasta teníamos ya el bachiller elemental.

Alguna vez me he encontrado con algunos de aquellos que en otro tiempo fueron niños y compañeros de paseo por el Madrid de entonces, y hemos recordado muchas cosas de aquella época, y nos hemos reído y hemos cabeceado de pesar y nostalgia, pero nunca nos hemos atrevido a hablar de aquella familia que tan famosa, y tan admirada y al final tan odiada, llegó a ser en el barrio.

Y otra cosa que quería contaros es que en el Madrid de mi infancia había hombres, y no sé si también mujeres, que habían conseguido la inmortalidad, o al menos vivir durante muchísimos años.

Vivían en inmuebles modestos, normalmente en el bajo o en el sótano, o en algún pequeño piso interior, y eran hombres más bien bajitos, en torno a los cuarenta y cinco años, que vestían prendas de color sufrido a medio uso y que apenas salían de casa, solo para ponerse una inyección o realizar alguna compra o una gestión de urgencia. Si alguna vez comían fuera, siempre lo hacían en restaurantes económicos, sentados solos en un rincón, y solían pedir coliflor o sopa de menudillos, de segundo pescadillas fritas que se muerden la cola, y de postre fruta, que pelaban con lenta pesadumbre. Comían sin ansia, con aplicación y con decoro. Algunos sufrían de una discreta úlcera de estómago. Vivían solos, eso sí, y siempre habían vivido solos, y siempre en el mismo sitio, y como no se dejaban ver, ni hacían ruido, ni recibían visitas, ni se relacionaban con nadie, pasaban inadvertidos, y nadie reparaba apenas en ellos. Muy de tarde en tarde, algún vecino los veía fugazmente, y a nadie le extrañaba que siguieran vivos, y que pasaran los años y la gente fuese envejeciendo y muriendo y que ellos en cambio sobreviviesen a las generaciones sin cambiar nunca, ni de aspecto ni de costumbres, siempre iguales a sí mismos.

Por otro lado, a los nuevos vecinos que reemplazaban a los que morían o se iban a vivir a otra parte, no les extrañaba su presencia, y los que eran muy viejos y podían dar fe de aquella anomalía, iban perdiendo la memoria y la curiosidad y no sabían dar noticias fiables al respecto, de modo que esos hombres vivían sus vidas inmortales sin testigos, y sin miedo a ser descubiertos. No eran hombres misteriosos o extraños, al revés, su poder para pasar desapercibidos, casi invisibles, les venía precisamente de su aspecto vulgar. Por eso, no era raro que nadie hablase de ellos, ni siquiera los más criticones y cotillas, porque de ellos no había nada que decir, nada que comentar. Y si en alguna conversación salían a relucir por algún casual, y si por ejemplo una vieja de noventa y pico años recordaba de pronto que, cuando ella era joven, el vecino del bajo o del sótano ya vivía allí, con lo cual ella misma se quedaba extrañada de no haber reparado en ello hasta ese instante, los demás no le hacían caso, tontunas de vieja, y quizá también ella llegase a creer que su memoria la engañaba, y ya no volvía a hablarse más de aquel asunto. También es posible, pero esto ya son aventuradas conjeturas mías, que algunos vecinos, por comentarios oídos a través de los años, vislumbrasen la verdad, pero que no se atreviesen a enfrentarse a aquella hipótesis, bien desechándola por absurda, bien por espanto y vértigo a que pudiera resultar cierta una sospecha tan atroz.

Yo creo haber visto y reconocido a algunos de esos hombres cuando era niño o ya casi adolescente, cuando mi capacidad de intuición era mucho más poderosa que ahora, y mayor también mi audacia y mi valor. Los recuerdo vestidos con un chaleco de punto de color granate o marrón, un pantalón de género de color sufrido, zapatos un tanto deformados por el uso y ni sucios ni limpios, a veces un bigote carente de estilo, que había crecido y estaba allí como por cuenta propia, cabello entrecano, caminar eficaz y aplicado, de quien va a tiro hecho o como escabulléndose de algo. Estatura media baja, mirada huidiza pero siempre al frente, y poco más.

Pero los tiempos han cambiado y ya no soy capaz de reconocerlos. Aun así, alguna rara vez me ha parecido ver a alguno, pero también yo, como la vieja de noventa y pico años, dudo ya de mí mismo, o quizá me falte fe, o sienta vértigo, para enfrentarme a algo tan inquietante, tan increíble pero a la vez tan evidente y familiar. O quizá se han extinguido, como les ocurrió al antílope azul, a los dinosaurios o a los dioses antiguos.

11
El viejo marino

Cuando el viejo marino regresa a su pequeña aldea de tierra adentro tras una larga travesía por los mares del mundo, todos los vecinos se echan a la calle y lo reciben con gritos de júbilo, con abrazos, con desatadas risas y alegría, y de inmediato sacan de los chineros, arcas y alacenas lo mejor que tienen, vestidos, manteles, cubertería, vajilla, aprestan la lumbre, los hornos, las sartenes y los pucheros, y organizan una fiesta en su honor.

Este es un día grande en la pequeña aldea, de esos que perdurarán en la memoria para siempre y que los jóvenes, cuando lleguen a viejos, contarán a otros jóvenes junto al fuego en las noches de espanto del invierno. Según las épocas y los lugares, en la fiesta se toca el rabel, el tamboril, la vihuela, la gaita, el acordeón o la guitarra, se cantan las canciones que ya cantaban los viejos en su juventud, se baila, y los danzarines lucen los terciopelos y bordados de los trajes típicos de la región, que guardan para estos grandes días, se bebe a pulso, se come, hay chirigotas, hay risas, los pastores han llegado de las majadas con sus mejores ropas, y hasta los perros, los tristes y famélicos perros de estas tierras, corretean ladrando su contento, como en sus años de cachorros. Para la pequeña aldea, este es el gran día que han esperado durante mucho tiempo.

Pero lo mejor de la fiesta, el momento que todos aguardan con emoción mal contenida, es cuando el viejo marino abre su arca marinera y va sacando los regalos que compró en lejanos, exóticos países. Para los niños trae golosinas, grageas de violeta y jengibre, granos de cacao, caballos de caña, silbatos de barro, un arcabuz de palo, juguetes mecánicos y musicales, un caleidoscopio; para las mujeres trae perfumes y jabones que arrebatan con su fragancia los sentidos, prendas de ropa que, al probárselas, ponen en sus mejillas la atrevida lumbre de un rubor; para el médico y el boticario trae bálsamos, ungüentos, píldoras, panaceas y elixires poco menos que mágicos; al cura le trae para la

Virgen un aderezo bordado con semillas que parecen labradas y pulidas por un artista prodigioso; trae frutas y verduras que no se dan en estas tierras y cuyos nombres sugieren estampas del Paraíso Terrenal, trae especias con sabores y aromas que uno no acaba de averiguar a qué huelen y saben, tejidos nunca vistos, trae un libro muy famoso y gracioso que es la historia de un loco que va por los caminos de caballero andante —ya lo leerá en alto quien lo sepa leer y los demás lo escucharán en corro—, y todas esas cosas tan raras y asombrosas son apenas nada de las muchas que el mundo guarda en su inmensidad inabarcable. La imaginación tiembla sobrecogida ante el vislumbre de lo desconocido e infinito.

Y si la fiesta ha sido buena, la sobremesa es todavía mejor, porque en ella, que dura varios días, el viejo marino contará sus andanzas, donde no faltarán corsarios, tempestades, naufragios, tesoros, criaturas fabulosas, y si estas peripecias resultan admirables, tanto o más lo serán las noticias que trae de España y del resto del mundo: el rey perdió su armada, se han descubierto nuevas tierras a las que llaman Indias, dicen que en Francia les han rebanado la cabeza a los reyes, la reina ha tomado Granada, o bien les cuenta la comedia que ha visto en la corte, cómo es la maquinaria y el argumento de la historia, y hasta dice unos versos que trae memorizados, y los vecinos de la pequeña aldea jamás se cansan de escuchar y siempre quieren saber más, y el viejo marino sigue contando lo que sabe, que al otro lado del mundo hay hombres que no miden más de una cuarta, y que tienen las orejas tan grandes que una les sirve de jergón y otra de manta, que el garrotillo ha diezmado la ciudad de Sevilla, que hubo quema de brujas y de herejes, que hay guerra en Flandes, que existe una ciudad que es toda de oro, y donde habitan hombres con hocicos de perro y pezuñas de caballo, que se perdió Cuba, y es como si la pequeña aldea resplandeciera, como resplandecen los rostros iluminados por el fuego y por el propio calor que irradian los relatos.

Son días intensos, irrepetibles, perdurables, de no parar de contar, de escuchar, de preguntar, y de un continuo y deleitoso asombro que todos querrían que no acabara nunca. Pero luego, sin embargo, lento pero seguro, pasa el tiempo, haciendo su oficio, y llega el día en que los niños se han comido las golosinas, las mujeres han guardado sus ropas y perfumes, porque en aquellas soledades no tienen ocasión de lucirlos, las aventuras y noticias ya han sido despachadas, y sin saber cómo, vuelve la monotonía, y el camino liso de lo cotidiano, y el fastidio de la rutina, y la desgana de los días y el secreto sinsabor de vivir.

Es entonces cuando comienzan a apremiar al viejo marino para que abandone la aldea y vuelva a embarcarse hacia nuevos rumbos y en busca de nuevos prodigios, noticias y aventuras. Hay miradas oblicuas, silencios agrios, sobreentendidos que valen por amargos reproches. Y a pesar de que el viejo marino lleva ya años intentando afincarse en su pequeña aldea natal y pasar allí el resto de sus días, descansando al fin de los trabajos de su vida errabunda, sin embargo se ve empujado, obligado por sus vecinos, a cargar otra vez con su arca y a partir de la aldea, a la que no regresará hasta que tenga nuevas peripecias y noticias y obsequios que ofrecer, y solo entonces volverán a recibirlo con alborozo, con gritos, con abrazos, y otra vez harán una fiesta en su honor. Por eso el viejo marino, que alguna vez fue joven, termina siendo siempre viejo, porque a pesar de sus años, entre todos lo apremian, lo incitan, lo expulsan como quien dice de la aldea para que vuelva otra vez a la mar, de modo que solo la muerte le permitirá algún día descansar al fin de sus andanzas.

Así que toma el arca, y otra vez le hacen una fiesta para despedirlo, y hay lágrimas y abrazos, y en cuanto su figura se borra en la distancia, todos en la pequeña aldea se entregan a la esperanza de su vuelta, y la emoción de la espera es mejor aún que su llegada, porque casi siempre lo imaginado es más gustoso que su cumplimiento, y el desear más que el alcanzar, de manera que, hasta la llegada del viejo marino, viven en vísperas de un gran acontecimiento, de una promesa que siempre superará en portentos a la realidad. No se atreven a decirlo, pero algunos preferirían que el viejo marino no regresara nunca, para vivir todos los días y a todas horas con la ilusión de un regreso inminente.

A lo largo del tiempo, y según las épocas, el viejo marino pudo ser también un viejo soldado, un juglar, un aventurero o un simple viajante de comercio, y esto, que ocurrió siempre en todos los pueblos de España, duró hasta hace bien poco. De hecho, yo tengo la impresión de haber sido uno de los últimos que llegó a conocer a ese viejo marino. En las largas noches de invierno, sentados a la lumbre, mirando todos al mismo punto impreciso del aire, cada uno de nosotros, y todos juntos, pensábamos sin duda en él, en el viejo marino, y en la fiesta que le íbamos a organizar, y sobre todo en los días luminosos en que oiríamos sus aventuras y sabríamos lo que había ocurrido en el mundo en los últimos tiempos —en el ancho mundo misterioso, del que tanta nostalgia hemos sentido siempre—. ¿En qué otra cosa íbamos a pensar si no?

12
Mar desde el huerto

Yo creía que mis padres, mis abuelos, mis tíos, mis primos mayores, y en general toda la gente mayor, habían viajado mucho. Hablaban de lugares que yo me imaginaba lejanos y llenos de prodigios. Nombres casi mágicos, como Montemayor, Valle Oscuro, Bacoco, la sierra de la Carava, Chandavila, Salorino, el Zángano, o simplemente «donde Pache». Cuando fuese mayor, pensaba, también yo viajaría mucho, y conocería lugares lejanos y vería cosas insólitas, porque no había en el mundo nada tan hermoso y apasionante como viajar y correr aventuras, y llegaría a ser un hombre con experiencias, y con historias maravillosas y cosas propias que contar. Luego pasó el tiempo, me hice mayor, y un día descubrí sin apuro que a mí en realidad no me gusta viajar. Me gustó de muy joven, más que por vocación por empeño romántico, pero al final acabé aceptando mi secreta condición sedentaria y me sentí como aliviado de un deber sentimental francamente enojoso.

A pesar de eso, me he visto forzado a viajar mucho, primero cuando anduve de guitarrista en la farándula, y luego de escritor, que no deja de ser también otra manera de farándula. Pero de todos mis viajes, los que he vivido con más emoción e intensidad, los buenos, los inolvidables, los esenciales, los he hecho con Julio Verne, con Defoe, con Homero, con Stevenson, con Humboldt, con Darwin, con Kapuściński, con Shackleton y con tantos otros. Pocos lectores habrán disfrutado tanto como yo con los libros de viajes y las novelas de aventuras. Desde mi madriguera de lector, he acompañado a los héroes de papel en sus maravillosas andanzas, y cuando digo acompañar quiero decir que he hecho presente con la imaginación cada una de las peripecias, he visto los paisajes, he sobrevivido a naufragios y terremotos, me he enfrentado a fieras y a bandidos, he pasado hambre y frío, me he extraviado en selvas y desiertos, he sufrido el escorbuto y la malaria, y todo lo he vivido con una convicción casi tan fuerte y real como la de don Quijote en la soledad alucinada de su biblioteca. Y es que yo soy como Quijano, y me conformo con mi rocín flaco y mi galgo corredor, y por supuesto con mi biblioteca y mi locura.

Así que no me gusta viajar, pero me encantan los viajes, y en general prefiero soñar la vida que vivirla. Hay un poemita de Juan Ramón que vive en mi corazón desde hace muchos años:

> ¿Mar desde el huerto?
> ¿Huerto desde el mar?
> ¿Ir con el que pasa cantando?
> ¿Oírlo desde lejos cantar?

Quizá estas líneas sean un intento de responder a esos interrogantes esenciales que me han acompañado desde siempre.

Por eso, dudoso entre mar y huerto, cuando llego por primera vez a una ciudad, lo que más me gusta es sentarme en la terraza de un café y observar a la gente. Más que los monumentos al uso, me interesa el paisaje humano, el cotidiano ir y venir de los viandantes, el modo de relacionarse, de vestir, de comer, de desenvolverse en las menudencias del día a día: esto es, la vida captada en sus estratos más leves y fugaces. Disfruto con la música callejera, yendo a un mercado y asistiendo al humilde y milenario prodigio de cambiar monedas por tomates o peces. O descubriendo estampas insólitas del latir secreto de una ciudad. Hace muchos años, en Argel, vi a un anciano con una preciosa barba blanca sentado elegantemente en el suelo frente a una alfombra donde había una gallina y tres pimientos verdes. Esa era toda su mercancía. La gallina estaba viva y reposaba sobre la alfombra con la misma paciencia patriarcal del viejo mercader. Tres horas después, al volver de la *kasbah,* allí seguían todos igual, el anciano, los pimientos y la gallina. En Damasco, por el entreabierto de una puerta, capté fugazmente un patio donde jugaban unos niños y, allá en lo alto, asomado a un balcón, a un enorme y bello macho cabrío, majestuoso en su quietud. En Nueva York me he pasado horas sentado en los parques, viendo a los patinadores, a los niños, a los vagabundos, a los ejecutivos que despachaban su almuerzo, a los jugadores de ajedrez. Una vez, en La Habana, pedí un ron antes de mediodía, y la camarera, que era una muchacha guapísima y con una sonrisa de lo más dulce y luminosa, me dijo: «¡Ay!, ¿tan tempranito ya, señor?». Muchos recuerdos de aquel viaje se han borrado, pero lo que nunca olvidaré es aquella cara, aquella sonrisa, aquella frase, aquella voz. En Buenos Aires pasé unos días muy felices porque llovía a mares y eso me permitió hacerme fuerte en un café, el Petit Paris, y viajar desde allí por la ciudad con Borges y Onetti, levantando a veces la vista para ver llover en la plaza de San Martín y regresando luego a los libros para visitar el barrio de Palermo, no el de hoy, sino el de los descampados y el de los malevos, o el Puerto Madero que ya solo existe en la memoria poética de Borges y de sus lectores. Y lo mismo me ha ocurrido en Roma, en Berlín, en Praga o en Lisboa. Viví unos meses en París y en New Haven, y lo primero que hice en cuanto tuve vivienda fija fue marcar mi pequeño territorio de gato —mi barrio, mi pueblo—, del que raramente salía ya alguna vez. Y luego, al regresar de mis viajes, recupero las mejores imágenes que ha atesorado mi memoria, y con ellas reinvento mis andanzas. Es decir, después de viajar, me gusta, necesito soñar el viaje. Diríase que la experiencia vital no está completa hasta que no contamos o nos contamos lo vivido.

Y, sin embargo, tengo nostalgia de todos los caminos que no he andado. Hay en mí un viajero incansable e intrépido, ávido de aventuras, y ese es uno de mis yoes más desatendidos. Siento nostalgia de la vida. Por eso a veces he pensado en escribir un libro de viajes. En cierta ocasión, estuve a punto de hacerlo, o al menos hice planes: vestimenta y calzado, mochila, agua y comida, medicamentos, útiles de escribir, navaja, bastón de camino... Haría el trayecto entre Navaleno, que es un pueblo de Soria, y Aranda de Duero, que está ya en Burgos. Unos setenta kilómetros. Tres o cuatro jornadas de camino, haciendo noche en los pueblos y hablando con su gente. Si me iba bien, a lo mejor me animaba luego con otro más largo y atrevido.

Anduve ilusionado con el viaje durante algunos días. Luego pensé que, si iba en coche, despacio y parando en los paisajes y en los pueblos, la experiencia no sería muy distinta a la otra, y el libro me saldría más o menos igual, porque yo soy de los que viven, archivan en la memoria, y luego, al recordar, me lo reinvento casi todo. Yo solo necesito un poquito de realidad para escribir; lo demás es añadido imaginario. Y, en cuanto a los pueblos, si vas al bar o a la plaza y hablas con la gente, y luego paseas un poco por las calles, y preguntas algo aquí y allá, y si además te documentas sobre su historia, y no digamos ahora con internet, con eso ya te vale para construir tu verdad literaria. Porque, además, me decía, ¿qué van a contarte en la taberna que no sepas tú ya, o que tu imaginación no supla con ventaja? Hubo un tiempo en que quien volvía de un viaje, los viejos marinos por ejemplo, contaba sus andanzas ante un auditorio expectante, siempre ansioso de novedades. Pero eso fue antes, hace mucho. Los libros de viajes tenían también un sentido, porque la gente no era del todo igual en un sitio que en otro, y cada sitio tenía su originalidad y su carácter, pero ahora la gente es igual en todas partes, siguen los mismos programas de televisión, viajan a los mismos lugares lejanos y oyen y ven las mismas cosas, sustentan las mismas opiniones, cuentan los mismos cuentos, y hasta su forma de hablar es la misma, y lo mismo sus experiencias, sus pensamientos, sus inquietudes, sus aspiraciones, sus maneras de vida. Antes, la realidad lo ponía casi todo, y la imaginación iba a la zaga. Así que para qué viajar. Lo que te cuenten los lugareños del más recóndito lugar del mundo ya se lo han contado antes al reportero y al cámara que han ido a entrevistarlos. Ya todo está descubierto y al alcance del mando a distancia, y lo único inexplorado que queda son los detalles, las honduras del alma, y los secretos sueños de cada cual. Dejemos los viajes para los hombres sin imaginación, como dice Proust de las mujeres hermosas, y con eso empecé a poner fin a mi proyecto.

Además..., seguí pensando, ¿qué escribir, y cuánto, de los paisajes, de lo que uno va descubriendo por el camino? O dicho de otra forma, ¿cuántas palabras escribe uno por cada kilómetro? Como estaba en Navaleno, hice una prueba y me fui a pasear por un camino forestal, de los muchos que hay por allí. Haría un viaje literario de un par de kilómetros, y después decidiría qué hacer.

Debía de andar yo ese día un tanto esquinado de ánimo, porque no tardé en contagiarle al paisaje mi visión pesimista del mundo. He aquí un problema de estilo. Además de la previsión meteorológica, ¿tendremos que ocuparnos también de nuestro estado psicológico para afinar la tonalidad espiritual de nuestro relato? El camino discurría junto a un arroyo, muy manso y cantarín, sí, pero que tuvo sin duda un pasado de lo más turbulento, porque al cabo del tiempo, de millones de años, ha logrado socavar el suelo que lo sustenta y crear una cañada, por donde el arroyito baja tan alegre y bucólico que nadie sospecharía en él sus turbios antecedentes geológicos y su invencible voluntad de seguir socavando la tierra hasta el fin de los tiempos. De esa catástrofe milenaria dan seña unos peñascos desmesurados que el arroyo no logró disgregar. Alrededor, trepando por las vertientes, todo es un bosque apretado y oscuro. Ni los árboles se atreven a acercarse mucho a los peñascos y al arroyo, ni tampoco estos se lo permitirían, de modo que aquí y allá se forman unos claros, con unas praderitas que da gusto verlas, todas llenas de pájaros y saltamontes, de junqueras, de algunos equisetos, de pequeñas telas de araña, hasta que luego, enseguida, la quebrada se estrecha y vuelve la monotonía de los pinos y de los bosquecitos de helechos, y ya apenas se oye el cantar de los pájaros. El equiseto, por cierto, y esto es de lo poco que queda de mi afición a la botánica, es una planta cuyo tallo se puede desmontar y montar como las secciones de una caña de pesca, y es una de las plantas más antiguas que existen, creo que anterior a cualquier vestigio de vida animal.

Todo esto lo iba apuntando en mi cuaderno, claro está, de modo que cada poco tiempo me detenía a escribir, más enviciado ya con la escritura que con el camino, y a hacer alguna que otra foto, porque el libro iría ilustrado por mí mismo. Los peñascos conservaban la expresión ceñuda de una interminable y extenuante vida de lucha y sufrimiento. O, más que ceñuda, torturada. El peñasco que hay ahí, por grande que sea, no es nada, ni sombra, de lo que fue. De masa rocosa, de cerro, de canchal, ha venido a parar a esto, a piltrafa, a harapo, a fin grotesco de una estirpe, a cosa domesticada, porque a las servidumbres que le ha impuesto el arroyo, se suma la piedad del musgo que lo cubre, de la zarza que lo abraza, de los claveles silvestres que lo adornan y humillan, del retoño de pino que crece obstinado entre sus grietas. Y aun así, y le hice una foto, ahí sigue, resistiendo, esclavo también de esa fatalidad que lo obliga a perseverar en su ser, a seguir siendo peñasco, peñasco aislado entre un bosque de pinos. ¡Y los pinos! Si uno se pone lírico, podría pensar que, meciéndose en el viento, cantan, susurran, intentan trascender, aliviar, convertir en poesía, las implacables leyes de la naturaleza. ¡Pobres, pobres! De modo que el peñasco no aspira a más que a estar ahí, a resistir y a persistir, durante otros cuantos millones de años, y el arroyo no tiene más afán que el de embestir al peñasco e ir desgastándolo hasta acabar con él. Arroyo, árbol, piedra, viento, llevan en perpetua discordia desde los inicios de la creación, y así seguirán hasta el fin de los tiempos.

Este era, pues, el sombrío panorama que se ofrecía a mis ojos. Todo en principio parece muy bonito, sí, pero aquí ante nosotros se está representando a cada instante una lucha implacable de supervivencia y destrucción, también en las praderitas tan idílicas y gustosas de ver. Aquí todo el mundo se come a todo el mundo, aquí no existe el bien ni el mal, ni la piedad ni el odio, aquí las mariposas, con su mágica levedad y sus inverosímiles colores, son atrapadas en las no menos maravillosas telas de las arañas y devoradas sin ira ni remordimiento, solo con eficacia, porque ese es el mandato que todas las criaturas, también el hombre, han recibido de la naturaleza. Matar y comer, matar y comer, sobrevivir, esta es la verdadera historia de este arroyito tan claro y cantarín, de estos peñascos, de este bosque, de esta flor tan grácil e inocente.

Te adentras en el bosque. Algunos viejos árboles tienen el tronco cubierto de liquen, que le chupa la savia y con ella la vida, pero a cambio abastecen a las ramas más altas del agua que el viejo tronco no puede ya suministrar, y así el liquen prolonga la vida del árbol con el único propósito de asegurar también la suya. ¿Veis estos retoños que crecen junto al tronco o en la propia base del tronco? Son los vástagos, los hijos rapaces, los que un día sucederán al árbol, cuando el tiempo y las bacterias acaben con él. Entretanto, batallan entre ellos, robándose el espacio, disputándose el mejor camino hacia la luz, compitiendo por la primogenitura, porque solo uno entre ellos será el heredero, y los demás sucumbirán en el intento. Mirad este renuevo. En sus locas prisas por heredar, se ha ido alejando del tronco para crear su propio reino, y ahora es un garabato raquítico que, tras un breve impulso hacia lo alto, ha girado hacia el suelo, y a poco que gane algo de peso, se derrumbará, y en eso quedará su loco afán de gloria.

Recordé, y lo apunté en mi cuaderno, que en la casa que teníamos en el campo, la humilde casa que ideó y levantó mi abuelo Luis con su maña y sus manos, había plantado en la puerta un melocotonero que le tomó ojeriza a la casa y entabló una sorda batalla contra ella, buscando socavarla. Era además un melocotonero bravo, de frutos amargos y dañinos y que criaba unas orugas enormes, del tamaño del brazo de un niño. Aquel combate comenzó hacia 1920 y creo que aún sigue, los muros de la casa ya agrietados, la chimenea torcida, cuarteados los cimientos, en tanto que el melocotonero continúa con sus orugas y sus frutos estériles. Si pudiera, tal es su rencor y furia contra el mundo, se desentrañaría de la tierra y vendría a por nosotros con toda la rabia de sus raíces agitándose como tentáculos de gorgona, buscando donde enroscarse y saciar su inagotable afán de destrucción.

Esta es, en definitiva, la sórdida guerra incesante que se libra ante nuestros ojos en esta vaguada que parece tan bonita, tan ingenua, y que tanto y tan exclamativamente alaban los turistas con sus gritos de euforia, con sus pantaloncillos cortos y sus móviles y su inquebrantable voluntad de ser felices y apurar el presente, solo el presente, y ajenos por completo al caudaloso empuje de la historia inmemorial que todo lo arrastra hacia el futuro, y que acaso solo perciben los geólogos y biólogos y los lectores de Schopenhauer, como es mi caso. Y es que, fuera de nuestra existencia, que es el más extenso argumento que conseguimos abarcar, apenas alcanzamos a seguir el hilo de la propia historia de nuestro país, siempre que nos la cuenten extractada, reducida a un breve repertorio de grandes escenas y pocos personajes.

Me senté a hacer cuentas. Había caminado quinientos o seiscientos metros y me habían salido unas setenta líneas. Setecientas palabras, que había tardado en pensar y escribir casi dos horas. A este ritmo, y teniendo en cuenta que me gusta más escribir que caminar, ¿cuánto tardaría en llegar a Aranda de Duero? No soy bueno para los números, pero me salió que, caminando cuatro o cinco horas diarias, lo cual no es poco, tardaría unos sesenta o setenta días. Casi cien mil palabras. Diez mil líneas. Más de tres mil páginas. O aunque fuesen solo trescientas. Y, por otro lado, y a la vista del texto tan metafórico y dramático que me había salido, ¿cómo caminar tanto tiempo haciendo metáforas y dramas? No, pensé, creo que ya tengo bastante con viajar en los libros como para echarme ahora a los caminos y andar escribiendo en las cunetas lo que puedo despachar perfectamente en casa, trabajando en mi pequeño huerto de escritor, e instalado ya felizmente en Ítaca. Y así acabó mi intento de escribir un libro de viajes.

Definitivamente, lo mío es mar desde el huerto y oírlo desde lejos cantar.

13
Cuando éramos tan guapos

¿Qué hacer cuando el amor llama a tu puerta? ¿Le abrimos?, ¿fingimos estar ausentes?, ¿le decimos vuelva usted mañana o lo despedimos sin más, como a un mendigo o a una visita inoportuna?, ¿le exigimos antecedentes, salvoconductos, documentos de acreditación?, ¿lo ahuyentamos a gritos y a patadas como si se tratara de un intruso? Lo que quiero contar ahora es muy difícil de contar, muy confuso, y no sé si sabré contarlo como yo quisiera, es decir, como quisiera el corazón, o como vagamente lo veo escrito en la gramática de los sueños.

Veréis, yo era muy guapo cuando me quería Marta. Nunca, jamás, ni siquiera en la imaginación, fui tan esbelto, tan atractivo y cautivador como entonces. ¡Y cuánto me quería ella! Con tanto amor, ¿cómo no ser hermoso? Teníais que haberla visto. Era muy joven, casi una muchacha, y a veces venía a clase con un pantalón de pana verde con peto y una carpeta escolar llena de pegatinas y fotos psicodélicas. Yo me movía con aplomo y agilidad por el Madrid de entonces. Teníais que haberme visto a mí también. Solía usar una bufanda roja muy larga, y mi letra era muy pequeña, aún más que ahora. Escribía a hurtadillas, con vergüenza e inseguridad, en cuadernos cuadriculados tamaño cuartilla y aprovechaba mucho el papel, nada de márgenes ni de interlíneas generosas. Escribía como quien mete la mano al tiento en una madriguera a ver qué encuentra, y nadie sabía que yo escribía, que yo era escritor.

Por las tardes salía con mi bufanda y con mis libros camino del trabajo. Me gustaba verme reflejado en los escaparates. «Ese soy yo», pensaba. Y era en verdad guapo, muy guapo, porque me miraba con los ojos prestados de Marta, sus preciosos ojos verdes, tan frescos y luminosos, tan profundos, tan recién pescados. Agua profunda y transparente de algún mar tropical. Cuando me miraba, a veces había en ellos una lenta ensoñación morbosa. Sí, ella me había inventado, como ocurre siempre en el amor, y yo me asomaba a los espejos y veía allí aquel invento prodigioso de

Marta que era yo. Al pasar junto a un árbol, acariciaba con las yemas de los dedos las hojas bajas del otoño. Recibía ofrendas del viento o del anochecer. La luz parpadeante de una hamburguesería, el cálido aliento del metro, el olor presentido de las próximas lluvias. En aquellos tiempos, y en días así, no hubiera cambiado un bolero por la Novena de Beethoven.

Esto ocurrió en un tiempo y en un país en que muchos de nosotros estábamos enamorados de la vida. ¿Os acordáis?, ¿os lo han contado acaso? Estimábamos a nuestros políticos y confiábamos en ellos. Confiábamos también en los periódicos y en los periodistas, y los admirábamos, y había muchos jóvenes que de mayores querían ser periodistas. Era una época incierta, pero nosotros vivíamos confiados y alegres. Casi podíamos acariciar el futuro como el lomo de un tigre amigo y hasta cómplice. No temíamos por nuestros hijos. Los llevábamos al parque, al zoo, montábamos en el teleférico, en un camello, comíamos helados, vestíamos de cualquier forma, y al otro día madrugábamos y nos íbamos contentos al trabajo. Nos gustaba la vida, nos gustábamos a nosotros mismos, nos sabíamos muchas canciones de memoria y las cantábamos a coro en las sobremesas. Parecía que en el resto de Europa era lunes y que aquí era domingo. Éramos felices, pero no solo por ser jóvenes sino porque todo parecía entonces joven. Las promesas tenían casi tanto valor como las monedas de curso legal. Todo lo viejo había quedado atrás, y todo tenía un aire de novedad y livianía, y no solo nos gustaba disfrutar de la libertad sino que, exagerando su disfrute, representábamos cada día la alegre comedia de la libertad. Y luego, no sé en qué momento, en qué aciaga sucesión de momentos, todo aquel alarde de dicha y de vigor comenzó a convertirse en rutina, en decepción y en impostura. Y nosotros, todos, de pronto nos hicimos feos y empezamos a envejecer y a olvidar las alegres canciones de entonces.

Así que yo vivía en un mundo de plenitud personal, pero también histórica. Y en cuanto a Marta, ¡era tan joven, tan bonita! Le gustaban mucho los portaminas, y a veces le sangraban un poco las encías. Algo de niña perduraba aún en ella. La descuidada avidez con que se mordía las uñas, un ensimismamiento enfurruñado que poco después se resolvía en una sonrisa deslumbrante... Una vez, en la penumbra del anochecer, descubrí en ella, o bien ella me reveló por un instante, sin hablar, solo con la mirada, su sabia y turbadora madurez de mujer.

Todo en ella, empezando por su mero existir y estar en este mundo, era maravilloso. Los hombres se volvían a mirarla, no podían evitarlo. Pero su belleza era suya, no era yo quien la creaba. No me atrevía a hacerlo. Yo le tenía mucho miedo al amor. Quizá porque no creía en mí, nunca he creído en mí, ni como escritor ni como galán, y me parecía que yo era muy poco para ella. Ella se merecía más, mucho más. Yo solo era guapo porque Marta lo había decidido así, pero cuando ella no estaba, ¿cómo era yo en realidad, mi cara, mi figura?

También de niño alguna vez fui guapo. Como aquel día en que una vieja me paró en la calle y me dijo: «¿Adónde va este niño tan lindo? Si parece un ángel custodio. ¡Ay, pobres corazones de las mujeres cuando sea mayor!», y me dio un beso y se marchó. Yo iba camino de la escuela, allá en el pueblo, en el Lejano Entonces. Me volví para ver cómo se alejaba y me llené de una infinita gratitud hacia ella. Ganas me daban de llorar. Ella se alejaba aprisa, muy aprisa, como si tuviera muchas cosas a las que atender. Parecía un mensajero, y lo era. Era un mensajero, portador de recados divinos. Aquel fue un momento importante en mi vida. Por primera vez sentí que el futuro se abría luminoso ante mí.

Y otra vez, con dieciséis años, divagando por la floresta de la orilla del río Jarama, adonde habíamos ido a bañarnos toda la familia y otras familias de emigrantes, aparté unas ramas y de pronto me encontré ante dos chicas veinteañeras que estaban en bañador, tendidas en el suelo en la intimidad idílica de un clarito que hacía allí la espesura. Me paré ante ellas, vergonzoso, asustado, sin saber qué hacer ni qué decir. Ellas fumaban y me miraban burlonas y curiosas. Una de ellas dijo al fin, después de dar una profunda calada al cigarrillo y de expulsar artísticamente el humo: «Dentro de pocos años vas a ser un guayabo». Era la primera vez que oía esa palabra, pero me sentí muy halagado, como pocas veces en mi vida, y aún hoy me acompaña, me enorgullece, me consuela. Hay palabras que han llegado demasiado pronto a mi vida, otras que llegaron tarde, y otras que llegaron en su justo momento. Y hay también palabras que vienen y se van, y otras que se quedan ya para siempre con nosotros. Pues bien, esta palabra de la que hablo llegó a su tiempo y aquí sigue conmigo, después de tantos años.

Yo entonces era ya poeta. «¿Poeta?», decían las muchachas del barrio, mirándome admiradas. Y yo les decía que sí, que poeta, y les daba a leer mis versos. Luego es verdad que ellas preferían a otros, que se iban con otros, y sus manos y sus besos eran para otros, pero para ti siempre quedaba una mirada soñadora y una sonrisa de inefable dulzura, y un mensaje velado entre nosotros: «Aunque me vaya con otro, tú siempre serás mi preferido».

En aquella época, yo sí conocía el amor, y no le tenía miedo, sino al contrario, lo buscaba con desesperación y temeridad. Sin invención no hay amor, y yo me inventaba a las amadas, las adornaba con todo tipo de dones y atributos. Me enamoraba locamente y de un modo total, porque el amor, cuando es de verdad, no es divisible ni puede graduarse. De haber podido, yo habría dividido y repartido mi amor entre la amada, Dios, mi madre, mis hermanas, mis amigos, los indiecitos de los Andes que no tenían para comer, los que andan errantes por el mundo, quizá bajo la lluvia o el sol abrasador, y estoy seguro de que el amor hubiera dado para todos. Pero no podía ser, porque mi amor, mi infinito amor, era solo para la amada, todo para ella, sin desperdicios de mondas o miguitas, y todo cuanto no fuese la amada me era del todo ajeno y hasta odioso. Yo odiaba a todos a fuerza de amarla solo a ella. Por eso el amor nos hace solitarios, y a mí aquellos amores, como no eran correspondidos, me hacían además sufrir mucho y en soledad, pero ¡cómo disfrutaba yo con aquel sufrimiento! Sin él, la vida carecía de sentido. Ocurría incluso que a veces el sufrimiento no necesitaba ya de la amada para existir, sino que era soberano, despótico, señor de sí mismo, y que en su afán de poder excedía los límites del amor para extender sus dominios hacia todos los ámbitos de la mágica angustia existencial.

Con tanto dolor, el mundo se me hacía insoportable. Así que me escondía en casa y me ponía a leer. Leer entonces no era como ahora. Leer entonces era entregarse a las palabras con la misma desesperación que al sufrimiento o al amor. Era como tirarse de cabeza a una hoguera, a un abismo, a un río voraginoso. Como ofrecer el pecho al filo cómplice de la espada enemiga. Leía a Bécquer, a Rabindranath Tagore, a Juan Ramón, a Mika Waltari, a Marcial Lafuente Estefanía, y también allí había mucho dolor del que disfrutar. Y mientras leía y sufría, también era guapo, ya lo creo que sí. Y luego ocurría que, cuando el dolor de los libros se hacía insufrible, salía de casa para distraerme y consolarme con los pequeños placeres de la vida. Y ya siempre fue así. A veces pienso que yo he viajado, he alternado, he follado, he bebido, he paseado, he contado chistes, he cantado en las sobremesas, he hecho tertulias, he jugado al fútbol y gritado los goles..., para evadirme del dolor que me inspiraban los infortunios de Antígona, de los gitanos de Lorca, del pobre Orlando cuando Sasha, cuyos ojos parecían también recién pescados, huye en su nave mar adentro, de Desdémona en su noche nupcial...

Pasé de la infancia a la literatura, sin transición. Y es que los primeros encuentros con las cosas son siempre los más extraordinarios y asombrosos, y los que no olvidaremos nunca, porque esas experiencias son ya para siempre. El primer encuentro con el amor, con la muerte, con la soledad, con las palabras, con el fuego. La primera vez que sentimos el latir de un pájaro vivo entre las manos. La primera vez que dormimos en el campo bajo las estrellas. Esa es la infancia: la edad de los hallazgos perdurables. Por eso la infancia es para siempre. Fuera de ella, y de su problemática prolongación en la adolescencia, a mí siempre me ha gustado más soñar la vida que vivirla. Mis mejores viajes, como ya dije, los he hecho con los libros, o con la fantasía cuando regresaba de ellos, de los viajes, y los recreaba en la memoria. Y lo mismo el amor.

Cuando miraba a Marta, a veces estaba deseando marcharme y quedarme a solas para verla en la memoria con los ojos omnipotentes de la imaginación. Al cabo del tiempo, ya casi en la vejez, descubrí que, sin saberlo, siempre he sido platónico. Del amor, de la belleza, del arte, de la literatura..., he percibido solo pálidos vislumbres de algo que yo sé bien que existe, pero que es inalcanzable y que para vivirlo solo cabe soñarlo. Quizá el problema no ha sido Marta, Pepita o Filomena, sino Platón, solo Platón. Pero a veces se produce el milagro y uno está a punto de alcanzar el sueño, de tocarlo, de tenerlo en las manos, como entonces, cuando el sueño se llamaba Marta y era Marta.

¿Qué hacer cuando el amor llama a tu puerta? Yo tenía que haber atendido a los dictados de mi corazón. Pero mi corazón calló, o yo no tuve valor para escucharlo. Fue una tarde de septiembre. Lejos del mundo, hablábamos en el banco de un parque bajo la protección de unas ramas bajas, un enorme cedro que nos envolvía en la intimidad de su penumbra azul. El banco estaba en un sendero de arena angosto y solitario. Menos el destino, todo en esa tarde nos bendecía, nos bendijo, éramos los elegidos para vivir una aventura que era solo nuestra, inventada por la fortuna exclusivamente para nosotros. Éramos únicos, guapos como nadie, y el futuro era nuestro. Casi podíamos acariciarlo, como a un tigre amigo. Pero yo había resuelto ya que prefería soñar a Marta el resto de mi vida que vivir con ella los años que hubiese durado nuestro amor. Yo sabía desde el principio que éramos como dos barquitos arrastrados uno hacia el otro por corrientes contrarias, destinados a encontrarnos un instante en un remolino impetuoso para enseguida separarnos y seguir cada cual su propio e inevitable rumbo. Nuestro amor era hermoso porque también era fugaz, como las tormentas de verano, como los dientes de león que se deshacen en el viento.

Estuve hablando mucho tiempo bajo el dosel del cedro. Yo oía cómo mis palabras iban rindiendo al futuro el sucio tributo del miedo y de la sensatez. Necesité de todo mi talento literario para armar un calculado balbuceo teatral. Amontonaba y amontonaba razones y quejas que atenuaran mi cobardía y justificaran mi huida. Ya estaba atardeciendo cuando acabé de hablar. Marta hizo por sonreír, y la sonrisa agonizó en sus ojos antes que en sus labios, donde quedó una mueca amarga de decepción y acaso de desdén. De pronto el viento se enfureció y las ramas del cedro se agitaron sobre el silencio que habían dejado mis palabras. El último sol doraba vagamente el sendero de arena. Sin habernos despedido aún, estábamos ya viviendo en el futuro, nuestras vidas ya bifurcadas para siempre. No dijo nada, y su silencio lo decía todo. Su silencio retumbaba dentro de mí, y su fragor era insoportable. Caminamos por el sendero, oyendo nuestros pasos lentos y desparejados, y cuando entramos en las primeras luces de la ciudad, nos despedimos para siempre, y yo me vine a vivir a esta región helada donde habita el olvido...

Y con el adiós dejé de ser guapo y alegre, igual que tras aquel domingo prodigioso que duró varios años nos convertimos en ciudadanos de lunes, feos y tristes. Y en cuanto al futuro, ya no volvimos nunca a confiar en él.

14
Imposturas

Hubo un tiempo en España, o al menos en los pueblos de España, en que los abogados eran gente formidable y de mucho poder, casi como los de Kafka, y creo que aún hoy conservan algo de aquella aura de entonces. La cegadora luz que irradiaban las leyes los iluminaba también a ellos, y es de suponer que de ese mínimo vislumbre les venía lo extraordinario de su rango y poder.

¿Qué significaban las leyes para nosotros, la gente común de aquel entonces? Habrá que recurrir a imágenes para tratar de entender algo. Las leyes eran una telaraña donde en cualquier momento podía quedar cualquiera fatalmente atrapado, eran un laberinto del que nadie podía escapar si entraba en él por descuido o error, eran una enfermedad sobrevenida, eran fuertes y perentorios golpes en la puerta en mitad de la noche, que anunciaban la llegada de un mensajero portador de noticias funestas, eran una lotería cuyos números agraciados resultaban casi siempre nefastos. De ese modo, un abogado era quien podía desenredarte de la tela de araña, guiarte en el laberinto, curar o aliviar tu enfermedad, encontrar en los mensajes aciagos un signo borroso de esperanza, mitigar o eludir el castigo que el azar o la ciega justicia te asignaba. Era, en definitiva, un hombre capaz de obrar milagros, y ese toque de poder sobrenatural lo compartía con los médicos y con los curas, aunque yo creo que, siendo todos versados en prodigios, el abogado era acaso el más milagrero de los tres.

De niño yo no conocí, salvo de oídas, a ningún abogado. Es más, creo que en el pueblo nunca vivió ninguno. Los que habían nacido allí y habían llegado a ser abogados residían en Madrid, o en alguna otra capital, y solo de tarde en tarde regresaban unos días al pueblo a descansar de sus tareas titánicas, y entonces se oía decir con un susurro reverencial: «Ha venido don Fulano», «Parece que don Fulano anda por aquí», pero yo nunca vi a ninguno, y no sabía siquiera cómo imaginármelos. Solo hacia 1965, con dieciséis o diecisiete años, y ya en Madrid, conocí al fin a uno, aunque solo de un modo intermitente y entrevisto.

Este abogado se llamaba Bermejo, Francisco Bermejo, y tenía una oficina, o más bien una de sus oficinas, en un sexto piso de la calle Conde de Peñalver. Entré allí por un anuncio del periódico, donde se buscaba a un chico con bachiller elemental y buena presencia, y no me recibió Bermejo sino uno de sus empleados, Emilio, que sin apenas preguntarme nada, yo creo que casi sin mirarme, porque estaba de pie ante una mesa donde tenía desplegado un montón de recortes de periódicos a los que parecía buscarles un orden, como si intentara resolver un rompecabezas, y sin dejar de moverse nunca como un estratega alrededor de la mesa, me dijo que estaba admitido y que podía empezar a trabajar allí ese mismo día.

No sé si sabré yo explicar en qué consistía aquel negocio. En principio, allí se confeccionaban y editaban dos revistas, *El Financiero* y *Relaciones Financieras*. Eran muy lujosas, de papel gordo y satinado y a todo color. Una era quincenal y la otra mensual. Se tiraban quinientos o seiscientos ejemplares de cada una y no se vendían sino que se enviaban gratis a gente importante del mundo de las finanzas y a empresas y a bancos, y en ellas se insertaba publicidad no solicitada de esas empresas y esos bancos, y luego iba alguien, que a veces era yo, con la revista y unos albaranes, a tramitar esa publicidad, y si luego pagaban o no, eso ya no lo sé. Al parecer, ese era el negocio. Pero esto son suposiciones mías de las que yo mismo descreo, porque ¿qué sabía yo entonces ni sé ahora de abogados ni de negocios? No, seguro que el negocio estaba en otra parte, y a saber qué tejemanejes se traerían unos y otros entre manos.

Este abogado Bermejo era un hombre robusto, de porte muy representativo, y muy educado y elegante, y siempre iba con traje o con conjuntos formales muy bien armonizados. Era directivo del Atlético de Madrid, creo que vicepresidente, y debía de moverse en círculos sociales muy selectos. Supongo que tendría su bufete, y quizá otros negocios, y desde luego parecía un hombre rico, e incluso muy rico, y a veces salía en los periódicos, en las secciones de deportes o de sociedad. Uno se lo imaginaba, claro está, desenvolviéndose en espacios amplios y luminosos, alternando sin apuro, porque no solo era elegante en el porte sino también en las maneras, en las palabras y en los gestos.

Los empleados éramos tres: Emilio, Julio y yo, y entre los tres confeccionábamos enteramente las revistas. Trabajábamos en la parte interior del piso, un lugar lóbrego que daba a un patio interior de ladrillos sucios estrecho y sin ventanas, completamente ciego, porque no tenía ni una mala abertura de ventilación. La parte exterior y más amplia y lujosa del piso nosotros no la conocíamos, nunca la conocimos. Nosotros entrábamos y salíamos por la puerta de servicio. Había que bajar a un sótano y allí tomar un montacargas con puerta metálica de tijera que subía muy despacio y de muy mala gana. Bermejo, claro está, entraba y salía por la principal. Nosotros, como decía, no entramos nunca en la parte noble y luminosa del piso, pero no porque nos lo prohibiera Bermejo, sino porque se sobreentendía que las cosas eran así, y no hacía falta decir más. A veces Bermejo recibía a gente, porque desde nuestra parte lóbrega se oían rumores de conversaciones, de risas, e incluso de música y chinchines. Yo escuchaba aquellos sonidos y pensaba: «Eso es lo que hubiese querido mi padre, que estuviera allí, con ellos, y no aquí, en lo oscuro».

A Bermejo lo veíamos de tarde en tarde, una o dos veces a la semana como mucho, no más. De hecho, debía de aparecer poco por allí, y no era raro que durante muchos días no tuviéramos noticias de él. Sin embargo, como nunca sabíamos con seguridad si estaba o no en el piso, vivíamos siempre con esa duda, siempre atentos al menor ruido, porque en cualquier momento podía aparecer y encontrarnos ociosos o jugando al fútbol o al baloncesto con una bola de papel, y en mi caso tocando la guitarra o escribiendo poemas. Cuando venía a vernos, era como una visita de cortesía más que de inspección. Algo así como una personalidad que hace una rápida gira oficial por una zona catastrófica. Venía como en plan deportivo, las manos en los bolsillos del pantalón, la expresión contenta, el tono jovial, y nos preguntaba cómo iba todo, y nosotros, que al llegar él nos levantábamos y nos poníamos casi en posición de firmes, le decíamos que bien, qué le íbamos a decir si no. Con Emilio se demoraba un poco más para comentar cuestiones técnicas sobre las revistas. Luego, enseguida, tal como había venido, se retiraba a sus aposentos, dejando en el aire un fresco y envolvente rastro de perfume.

Emilio era con mucho el empleado más importante de los tres, y el que más ganaba. En realidad era nuestro jefe, solo que no ejercía de jefe, y allí cada cual hacía la vida por su cuenta, sin dar ni recibir órdenes de nadie. Era él, Emilio, el que se encargaba de confeccionar las revistas y de todo el aparato técnico. Siempre estaba de pie ante la mesa, cortando con un cúter las columnas de los textos, calibrando los márgenes, maquetando las fotos, la publicidad, las noticias y los artículos, encolando y pegándolos en unos grandes pliegos de cartulina, y dejándolo todo listo para la imprenta. El portero del inmueble subía cada mañana con una pila de periódicos y revistas, la mayoría especializados en comercio y finanzas. Bermejo los leía y con un lápiz rojo iba poniendo una cruz en los textos que luego Julio y yo nos encargábamos de recortar y de pasárselos a Emilio. Pero a veces, si Bermejo tenía mucho que hacer, o algún viaje, o lo que fuese, nosotros mismos hacíamos la selección. Eso era todo en lo referente a las revistas. Lo único original que aparecía en ellas era el editorial, escrito por Bermejo y con una foto suya de cuerpo entero al lado de la firma y la rúbrica.

Por lo demás, Julio y yo teníamos también que escribir a máquina las etiquetas con la dirección de los suscriptores de la revista (no había tales suscriptores, pero esa era la palabra que había usado Bermejo desde el primer momento y la que usábamos también nosotros), pegar las etiquetas en los sobres, meter en los sobres las revistas, cerrar los sobres, pegar los sellos y echar los sobres al correo. Esa era nuestra tarea, además de llevar las revistas y las facturas a las empresas y a los bancos para tratar de cobrar la publicidad.

Julio era de mi edad y Emilio debía de andar por los veintitantos. De Emilio no recuerdo gran cosa, porque además no hay mucho que recordar. Era menudo y siempre andaba con un cigarrillo rubio colgando de un rincón de la boca, los ojos cegados por el humo. A pesar de su juventud, parecía un hombre mayor, ya hecho, y desengañado ya de muchas cosas. Era callado, escéptico y muy suyo. También era burlón, pero sin que se supiese bien de qué se burlaba y de qué forma. Una mirada de través, un frunce en los labios, un dedo pensativo rascándose apenas la frente arrugada, una sonrisa que le venía a la boca pero que no acababa de asomar... Sí, era un hombre burlón, un hombre que venía de vuelta y se las sabía todas. A la salida, Julio y yo tomábamos a veces un vaso de vino y una taza de caldo en un quiosco que había en un bulevar, y luego compartíamos un trecho del camino, pero Emilio hacía con la mano un gesto burlón de despedida y se iba derecho a su casa, a sus cosas, y no quería cuentas con nosotros fuera del trabajo.

En cuanto a Julio, de él sí conservo algunos recuerdos. Era alto y fuerte, y tenía muchos granitos insanos en la cara y muchos escrúpulos en la conciencia. Estaba obsesionado con la religión y con el sexo. Su vocación era meterse a misionero e irse a Perú a ayudar y a adoctrinar a los indiecitos de los Andes, y tenía tan clara y tan segura esa misión, que vivía en el presente de un modo provisional, en los umbrales mismos de un futuro inminente. No recuerdo en qué época del año estábamos entonces, pero siempre decía que en breve partiría hacia Perú.

Su otro tema obsesivo era la mujer o, para ser exactos, el sexo de la mujer, al que él le llamaba «esa cosa», y a veces solo «la cosa», jamás con palabras malsonantes o exactas. Le admiraba y le escandalizaba que todas las mujeres tuvieran esa cosa. Todas. Las guapas, las feas, las horribles, las cojas, las ciegas, las monjas, las viejas y las niñas, las listas y las tontas, todas. Hasta la Virgen, por muy virginal que fuera. Era asombroso. Y era también terrible. Solo de pensarlo le daban ganas de gritar, de darse de cabezadas contra las esquinas, de suicidarse. A menudo se quedaba absorto, como en trance, y es que estaba pensando en la cosa, e intentando imaginarse cómo sería, qué misterio insondable era aquel. Ninguno de los dos había visto nunca esa cosa. Bueno, yo una vez sí, de niño, pero no entendí lo que veía sino que me quedé entre pasmado y afligido, como Julio, ante lo que también para mí era un misterio, y aún lo seguía siendo. Porque también yo estaba obsesionado con la cosa, aunque no tanto como Julio, y a veces la imagen incierta y fugaz que vi de niño me perseguía, me desasosegaba, me ponía de los nervios.

Así que hablábamos de la cosa, Julio y yo, de cómo sería aquello, de dónde, de cuándo, de por qué, y era todo tan vago y tan tremendo como cuando Julio hablaba de Dios y del Espíritu Santo y de los misterios de la fe, que se ponía de lo más enredoso y especulativo, y era como si hiciese también teología de la cosa, y de la naturaleza divina, o diabólica, que la cosa tenía. Una vez dijo: «Es como una víscera por fuera», y otra vez habló de «aquella negrura colorada», y eso es casi todo lo que ha perdurado en mi memoria de nuestros debates escolásticos sobre la cosa. Sí sé que para Julio la cosa era obra del diablo, con lo cual conciliaba sus dos grandes temas, la religión y la mujer. ¿No hubiera creado Dios, de haber querido, algo menos fuera de lo común, y nunca tan raro y tan aparatoso, tan indecente y tan confuso, tan de no saber si era obra de ángel o de monstruo? Y aunque era verdad que, quien lo conocía, aunque fuese de oídas, ya no podía vivir ni con él ni sin él, Julio estaba seguro de que jamás se dejaría embaucar por aquella torpe tentación del diablo. No, él se mantendría siempre puro, y nunca se rebajaría a un acto tan tremebundo como aquel que no se atrevía ni siquiera a nombrar, y que hasta entre parejas casadas y católicas le parecía desvergonzado, sucio, inadmisible... Sí, esa sería su misión en el mundo.

Yo por entonces era ya poeta y medio guitarrista. Escribía poemas de amor, de qué otra cosa iba a escribir, y a veces les leía algunos a Julio y a Emilio. Emilio los oía sin inmutarse ni levantar los ojos de la mesa donde maquetaba las revistas, los ojos entornados por el humo del cigarrillo, pero Julio los escuchaba muy atento, y aunque mis versos eran muy puros e idealistas, yo creo que a él se le traslucía en el rostro la ansiedad y la alarma que le producía la inevitable evocación de aquel desafuero último en que inevitablemente se consuma el amor. También alguna vez llevé la guitarra y toqué y hasta canté para ellos. Yo entonces usaba unos botos de cuero salmantino que me había regalado un tío mío y que me hacían, o eso creía yo, más esbelto y más atractivo para las muchachas. Llevaba el pelo largo y un poco aflamencado, y desde luego mi imagen no concordaba nada ni con el trabajo ni con el lugar lóbrego en el que trabajábamos los tres.

La vida me ha obligado en más de una ocasión a representar papeles espurios, es decir, a hacer de impostor, y creo que ya entonces era yo un poco impostor. Presumía de poeta y de músico, y sobre todo fingía ser más guapo, mucho más guapo, de lo que era. Un guayabo. Dicho al paso, a mí me parece que ese truco las muchachas sabían hacerlo mejor que nosotros. Había muchachas que no eran nada guapas, y hasta es probable que fuesen más bien feúchas, pero administraban y aprovechaban tan bien sus pocos encantos, que conseguían pasar por guapas. A mí me recordaban a mi madre y a otras muchas mujeres de entonces, que conseguían comprar de todo con muy poco dinero, y nunca faltaba nada en casa. (Y dicho entre paréntesis, también estaban esas muchachas que, siendo de familias modestas y sin ilustración, iban a colegios de pago y aprendían de sus amigas guapas y ricas el arte de parecer guapas o casi guapas, y también a comportarse como si perteneciesen a familias acomodadas, y esa fue quizá la mejor educación que recibieron, y la más duradera. Aprendieron a mimetizarse con la clase alta, es decir, a tener estilo, que es algo así como el arte de la apariencia ejecutado con naturalidad. De ese modo, eran casi guapas, casi ricas, casi elegantes, casi refinadas en la mesa, casi mundanas en las reuniones —los gestos, las risas, los movimientos, la frase dicha a tiempo—. ¿Eran unas farsantes acaso? Tampoco. Eran casi farsantes, pero también casi sinceras. Eran las muchachas casi-casi, y a menudo resultaban tan inaccesibles como las guapas y ricas de verdad.)

Bueno, pues así he sido yo también en mis relaciones con el mundo. En aquellos tiempos era casi poeta, casi guitarrista, casi guapo, pero yo apostaba fuerte, con la seguridad de que la fortuna acabaría estando de mi parte. No solo tocaba la guitarra y hacía poemas en horas de oficina, sino que, cuando salía con una gran bolsa llena de revistas para entregarlas, junto con los albaranes, en empresas y bancos, las tiraba en cualquier montón de basura o de ripio y me iba a los billares a pasar la mañana o la tarde.

Así las cosas, a los pocos meses de estar allí, un día Bermejo me llamó aparte, cerró la puerta donde estaban Emilio y Julio, me invitó a sentarme, se sentó frente a mí, y tuvimos una conversación que nunca olvidaré. Bermejo vino a decirme, en su lenguaje amable y tan seductor y envolvente como su perfume, que parecía tejer una tela de araña, que quizá yo estaba llamado a otro tipo de vida, a otros menesteres, y que acaso mi carácter, mis cualidades, mi vocación, no se correspondían con las de un simple oficinista, y que mi lugar en el mundo quizá estuviese en otra parte. Hizo alguna alusión a la guitarra, a la poesía, a mi peinado, a mis botos camperos, y no sé si también a mi afición a los billares.

«Tú no estás hecho para trabajar entre papeles. Yo diría que eres demasiado... garboso para eso.» «Garboso», eso dijo, otra palabra que apunté en mi haber. Todo aquello de la guitarra y la poesía, y lo del garbo, y de que no me veía de oficinista, lo dijo en plan de alabanza, de elogio, en ningún caso de reproche. Al contrario, me miraba con simpatía y admiración.

Y oyéndolo, yo me sentí orgulloso y le di la razón. En efecto, yo no estaba llamado a trabajar en una oficina, con horario fijo, con jefe, atado a una rutina y a una tarea que, en el fondo, me eran ajenas y me distraían de mi verdadera vocación. Yo quería ser músico y poeta. Es más, ya lo era, o estaba muy cerca de lograrlo. Le hablé con soltura y audacia, sin vergüenza, y sin ningún complejo ante aquel hombre, por muy abogado que fuese, y entonces me acordé de mi padre y pensé que ojalá hubiese podido verme allí, mano a mano con él, alternando de tú a tú, y hasta con ventaja, porque su poder y su importancia de abogado se empequeñecían ante la figura imponente del poeta y del músico. Hasta él mismo dijo que los que no servían para el arte o la literatura, desgraciadamente se veían obligados a ganarse la vida en la oficina, en la tienda, en el laboratorio, en el taller, y que la felicidad de cada cual consiste en vivir y trabajar conforme a sus cualidades y a su modo de ser. Mi padre sin embargo quería que yo fuese abogado porque, para él, era a lo más que se podía aspirar. Pero mi padre había muerto hacía menos de un año, y yo andaba perdido entre el trabajo y los estudios: trabajaba de día y estudiaba de noche, y no progresaba ni en una cosa ni en la otra, sino que iba por la vida sin rumbo y sin hacer nada de provecho.

Ya puestos, le dije a Bermejo que dentro de mí había un soñador, un bohemio, un vagabundo y un rebelde. Un romántico, en suma. Y él cabeceó satisfecho, risueño, y hasta un poco soñador también: así tenía que ser, ese y no otro debía ser mi camino. Me pidió que le recitara algunos versos míos. Y ahí me salió el impostor que yo llevaba dentro, y en vez de recitarle algo propio, en un instante decidí recitarle un poema de Juan Ramón Jiménez, aquel que empieza «Y yo me iré, y se quedarán los pájaros / cantando...». No sé si Bermejo conocía aquellos versos, pero el caso es que hizo un gesto de sorpresa, de grata sorpresa, y dijo que eran muy buenos, y alabó mucho mi sensibilidad y la hondura de mi pensamiento. Una pena que no tuviese allí la guitarra, porque le hubiera tocado algo, unas soleares o una farruca que tenía ya bastante dominadas.

Aquel fue un momento esencial para mí. Bermejo me dio la mano, el rostro conmovido, y me animó a seguir mi camino. Allí mismo me liquidó el monto del despido —aunque aquello tuvo el aire de una propina espléndida— y se fue, dejándome embriagado con su perfume y sus elogios. Yo me sentí feliz, ligero, como liberado de un peso del que solo ahora era consciente. Me despedí de Emilio y de Julio como si me dieran pena, lamentando que ellos tuvieran que seguir allí, en lo oscuro, en tanto que yo, cumplida mi condena, salía libre a la luz. Les dije que ya vendría alguna vez a verlos, y salí del piso lleno de alegría y de confianza en el futuro y en mí mismo, y hasta con ganas de correr y brincar. Me acordé de mi padre y le dije: «¡Qué!, ¿qué tienes que decirme ahora? Ya ves que no era para tanto lo de ser abogado. Si pudieras verme, por una vez estarías orgulloso de mí». En cuanto a Emilio y a Julio, no volví nunca por allí, ni nunca más supe de ellos.

Y hablando de imposturas, recuerdo que en 1976 se me presentó la oportunidad de ejercer de profesor ayudante en el departamento de Filología Francesa de la Complutense. Como necesitaba trabajar con urgencia, y aunque no sabía francés, fuera de algunas frases sueltas, decidí arriesgarme a ver qué pasaba. Yo había vivido unos meses en París, en la primavera de 1975. Me fui allí porque quería ser escritor, y en aquellos tiempos había que irse a París, como en peregrinación, tanto para ser escritor como sobre todo para parecerlo. Me gané la vida tocando la guitarra en un restaurante español que se llamaba Barcelona y que estaba al lado mismo del Folies Bergère, y donde las cenas de paella mixta y sangría se amenizaban con actuaciones flamencas en directo. Como yo soy de por sí sedentario, y como entonces había un brote de xenofobia y ya habían tirado al Sena a tres portugueses y a dos turcos, entre eso y entre que no sé nadar —la gente mayor de mi familia nunca supo nadar—, me quedé a vivir en el barrio, y nunca se me ocurrió cruzar el Sena. Es más: para disimular mi identidad caminaba por las calles con un libro de André Maurois, *Climats,* pero solo con las pastas, porque dentro iba *La vida breve,* de Onetti, que era mi autor de cabecera por entonces. Traté solo con españoles, mayormente del mundo del flamenco, de modo que mi francés se quedó en las cuatro cosas mal aprendidas de un bachillerato desganado y disperso.

«Naturalmente, sabes bien francés», preguntó en tono afirmativo, dándolo por hecho, el catedrático del departamento de Filología Francesa. Este catedrático había sido campeón de España de mil quinientos metros y había competido en unos Juegos Olímpicos, y tenía también un aire olímpico y yo diría que un tanto irresponsable. Ni él había nacido para ser profesor ni yo para oficinista, como hubiera dicho el abogado Bermejo. Yo creo que fue por eso por lo que me atreví a responder de un modo ambiguo, que no comprometía a nada: «Viví en París», dije, y como en los cuentos, con esa frase mágica me convertí por ensalmo en profesor ayudante de francés.

Aquella época la recuerdo con un ligero vértigo y un vacío en el estómago que me invita a la náusea, y que me encoge el ánimo, como si aún pudiera ser desenmascarado y acusado públicamente de farsante, que eso es lo que de verdad fui durante los dos años que desempeñé mi problemática ayudantía. Allí fingí ser una persona de pocas palabras y de carácter hermético y esquivo, un poco como Bartleby, y supongo que mis compañeros de seminario me recordarán así. Recuerdo con angustia las reuniones de departamento hechas a veces en francés porque algún profesor invitado no dominaba el español, recuerdo las clases de literatura comparada cuando me tocaba sustituir al catedrático, y que las daba naturalmente en español y de asunto español, recuerdo mi temor y temblor cuando sonaba el teléfono y tenía que atenderlo, porque esa era también mi misión, y cómo a veces, si al otro lado hablaban en francés, raspaba con la uña en el auricular, fingiendo interferencias en la línea, y colgaba, y si había testigos delante me encogía de hombros y hacía un gesto airado, como dando a entender que había sido un error, y salía del departamento, por miedo a que volviesen a llamar.

Y recuerdo la vergüenza y la alarma ante mi falta de escrúpulos: «Si soy capaz de esto por un mísero salario, ¿qué no haría en caso extremo de necesidad?». Más de una vez he intentado abordar aquella experiencia con humor, o al menos con desenfado, e incluso de escribir algo jocoso al respecto, pero siempre la advertencia moral me devuelve al punto de partida, es decir, a la sensación física de vértigo y de náusea, y me disuade siquiera de intentarlo.

15
Días de invierno

¡Qué frío hace hoy!, escribo en mi cuaderno, por escribir algo. Día invernizo de neblinas y lluvias. Del color de los ojos de los ciegos. Tiritonas de charcos y de perros sin amo. En días así, los pájaros se recogerán pronto y dormirán bien juntos y esponjados en la espesura del laurel, del naranjo, donde el viento ronda furioso sin lograr nunca entrar. En noches como esta andará a la desventura el zorro, el hocico flaco y erudito, la preciosa piel mojada de lluvia, en cada pelo erizado una gotita de cristal, allá que va trotando bajo la luna, dejando a su paso la vaga sugestión de algún ánima en pena. Nunca como en estos días invernales parece el cuervo tan lleno de presagios, cuando da su graznido en el hondo silencio de estos campos grandes y desolados.

En días como hoy dan ganas de sentarse a la lumbre muy de mañana e imaginar que ya está atardeciendo, que el día entero es solo un largo atardecer. Nuestro amigo el fuego, al que tanto debemos, y que con tanta alegría y diligencia se aviene a calentar las trémulas carnes de los pobres. Las pequeñas, humildes lumbres de los campos de España, siglo tras siglo. Niñas con un lazo de color en el pelo, que sueñan con la primavera, viejas hilanderas, labradores de agrios y filosóficos silencios, soldados, artesanos, vagabundos, poetas. Generaciones que pasaron. Se fueron yendo como quienes, en una larga velada, van abandonando desacompasadamente la reunión. Me voy que mañana tengo que madrugar, Me voy que tengo sueño, Me voy porque me esperan, y alguno incluso se va sin despedirse. ¿Dónde está Fulano?, preguntamos. Y nadie, nadie sabe dónde está, qué fue de él.

En días así, Miguel y Félix Lope se levantarán de la cama con un temblor de frío —el suelo helado, rezumantes de humedad las paredes—, y a tientas se pondrán aprisa sus vestidos para arrimarse al fuego. Miguel por aquí, Félix por allá, las voces llevadas al cielo por el humo. Sus manos partiendo el pan, el borbolleo del agua, la espuma de la leche en los labios.

¿Y los mocitos, con toda la vida por delante, ebrios de futuro, los músculos jóvenes prestos a la acción, que en el canto de la alondra y el rebuzno del asno creen oír la corneta militar y el tronar del cañón? Como ese cielo bajo y sucio, así ha de ser el infinito mar por donde las naos van a las Indias. ¡Padre, padre! Y el padre, campesino desde la más remota antigüedad, sorbe y calla. Pan migado con suero. Comer y callar, comer y callar, comer y callar. Así fue siempre. Fuertes espaldas, jorobadas por el trabajo. Padre, yo quiero, yo quisiera, si a Dios fuera servido, si tuviese yo un hatillo de ropa, un buen calzado, unas monedas, o una carta de presentación. La fortuna y la gloria aguardan en Italia, en Flandes, en las Indias. Padre, padre. Pero sigue lloviendo, y seguirá lloviendo hasta el fin de los tiempos.

Ya por la noche, al pequeño Miguel, al pequeño Félix Lope, sus madres los llevan en brazos a dormir. Hijos míos, hijos míos. Los dejan en la cuna, los arropan, les remeten las sábanas y mantas, les suben el embozo, los despiden con un beso y una mimosería. A dormir, que tengan vuestras mercedes buenos sueños.

Las noches son muy largas, y los soldados andarán ahora a la duermevela por los campos de batalla del mundo, mal comidos y peor pagados, ramitas que arden en el gran fuego del imperio.

Se oirán las voces ásperas de las contraseñas gritadas en la oscuridad. Por los montes y páramos de España, ya habrán salido los lobos a la rebusca, con su trote lobero irán cruzando sierras y cañadas, se pararán a olfatear lo profundo del aire al llegar a los pueblos, y el viejo campesino los oirá aullar mientras hace las cuentas de la cosecha, tanto del trigo, tanto del aceite, tanto del vino, tanto de la lana, tanto de arbitrios y de diezmos para hacer grandes las Españas, que ahora hay muchas Españas a las que servir y mantener.

En mañanas así, a veces las ovejas se quedan encerradas, sin pastoría, pero si salen, allá van tan contentas con sus esquilas y balidos, todas a una, allá que van, tan benditas, tan tontilonas. El pastor y el perrillo las arrean y ellas corren, las grandes y las chicas, cada una a su manera, el viejo macho con su mandilón de cuero que le da en las patas y se le enreda entre las jaras, en busca de una abrigada donde ir pasando el día. ¡Y qué bien suenan los silbos del pastor! ¡Qué buenos y acompasados los ladridos del perro! En el zurrón lleva el sustento: tocino, morcilla, queso, aceitunas y un pedazo de pan. Y de fiesta, una perrunilla. Pero falta la lumbre. ¡Y cómo muerde el frío! De pronto, por el camino embarrado que lleva a Francia surge una comitiva compuesta por carrozas, gente armada a caballo, mulas de carga con sus muleros apresurados a la zaga. ¿Quiénes serán?, ¿adónde irán?, ¿qué irán a hacer? El pastor, con el perrillo medroso entre los pies, los ve pasar, y sigue mirando hasta que se pierden en las distancias neblinosas. ¡Qué grande es el imperio y qué grande la soledad de estos campos helados! Padre, padre, yo quisiera. Y el padre come y calla. Muerde como muerde el arado en la tierra. Mordiscos laborales, de hondo provecho para el cuerpo y el alma. En algún lugar de la conciencia, se oye por un momento el agua loca de la historia.

Escuchad. En tardes así, los monjes trabajan en sus pupitres a la luz de las velas y afuera arrecia el temporal. Las manos se demoran y esmeran en delicados trazos sobre los pergaminos, se oye el rascar de las plumas, y el corazón se estremece al fragor del viento, de la lluvia y del trueno. Ya es tarde, y pronto vendrá la noche a angustiar el alma con el vislumbre de la trascendencia. Por la alta angostura de los vidrios, un relámpago restalla el garabato de luz sobre los muros. La estancia toda, tras el trueno y el rayo, trasluce el mínimo rumor de unos latines temerosos. A lo lejos, se oye ahora el amigable crepitar del fuego.

Y así siglos y siglos. Todos los españoles de todos los tiempos se han pasado gran parte de su vida mirando fijamente al fuego. Si no nos hemos matado más entre nosotros, ha sido por el fuego. Hay mucho que mirar ahí. Mirar el fuego purifica, nihiliza, amansa, llena el alma de filosofía, de una filosofía que no tiene conceptos ni palabras, que es solo un querer pensar, el gruñido y la bulla del pensamiento ante el misterio y el terror de vivir. Y a la orilla del fuego han borbolleado durante siglos los pucheros, el gran puchero patrio, que a juego con el abejorreo de las plegarias hacía contrapunto con el tronar de los cañones, y esa ha sido mayormente la música de fondo de nuestra historia desdichada.

En los días de invierno de mi infancia bebíamos café negro y ardiente, ardiente café negro del Brasil, sin dejar de mirar a la lumbre, viendo brincar las chispas, agonizar las ramitas de ceniza durante breves, temblorosos momentos. Con tanta humedad, las armas de fuego suelen fallar la puntería. Hasta el disparo suena chafado, como los petardos de las ferias. ¡Eh, mirad! Allá va el rabito blanco de la liebre brincando como una chispa en el sembrado, huyendo ya a lo lejos. Con estas lluvias, el suelo se aguachina y a las ovejas se les amollecen las pezuñas. Siempre fue así. Si se les infectan, en mañanas así hay que aprovechar para rebanarles lo blando y podrido con un cuchillo y dejarlas en seco todo el día. En días así, las escarchas y carámbanos ponen en las barbas de los bueyes caprichosos, fantásticos adornos. Allá donde pisan, se forman charquitos helados donde se reflejan pedacitos trémulos de cielo. Siglo tras siglo, ahí tenemos un muestrario de todos los cielos de invierno bajo el que se afanaron nuestros antepasados, moradores hoy del silencio inmortal.

En los días de invierno de mi infancia, mi pueblo encogía, se encerraba en sí mismo, como los pájaros y los gatos, y también encogía la gente, y todo era entonces más pequeño, salvo los campos, que parecían más desolados y más grandes que nunca. Campos yermos y desabrigados donde hasta el viento gime, temeroso y errante. Las puertas, que habían estado abiertas hasta después de las ferias de septiembre, se cerraban de día y se atrancaban por la noche. En invierno la gente tiene mucho más miedo que en verano. El viento llevaba por las calles el olor amoroso de los braseros, y las viejas caminaban más aprisa, arrebujadas como corujas, temerosas de Dios y del diablo. Lo más escondido y secreto de las carnes jóvenes volvía a la vergüenza y al espanto de lo prohibido. En invierno se hablaba más bajo, había largos, impenetrables silencios, solo rotos por las toses que, al cabo del verano, regresaban con notas más graves y profundas. La cigüeña se fue hace ya tiempo, el gato ronronea gustoso junto al fuego, chamuscándose casi los bigotes, y los perros sin amo caminan en invierno un poco de lado, como al bies, y ya no ladran con la facilidad y la alegría de antes. En días así, los muertos estarán más solos y olvidados que nunca. Allí estarán también mis padres, quién sabe si esperando a que me aprenda el camino y les lleve las flores que les debo. Y el viejo marino no acaba nunca de llegar...

Es tiempo de meditación, pero como normalmente la gente no medita, adopta al menos la estampa abismática de quien rumia un pensamiento sin gusto y sin provecho, y sin lograr nunca darle alcance. En todas las lumbres de todos los inviernos, y esto ha sido así siempre, hay una vieja que también se ha sentado en el corro a cavilar y a ver brincar las chispas. ¿Quién será?, nos preguntamos, se han preguntado todos desde el principio de los tiempos, pero en invierno no hay muchas ganas de responder a las preguntas. Será uno más, qué importa, uno de tantos, de los que en días así se arriman a la lumbre. Pero el perro, que es sabio en presagios, de pronto levanta alerta la cabeza y le sale de muy adentro un gruñidito ronco y lastimero. Con paso cansino, se muda a otra parte, lejos, y ya no deja de vez en cuando de gruñir. La vieja tiende las manos descarnadas y se adormece con el calorcito. Sin saberlo, todo el corro está concertado en una vaga cogitación sobre la eternidad.

Desde siempre, en las noches de invierno los niños han preguntado cómo es la muerte y cuáles son sus artes y maneras. Y siempre alguien te contaba que la muerte se conoce todos los caminos del mundo, y hasta las más escondidas veredas, y que nunca se cansaba de andarlos. ¿Y cómo elige la muerte sus caminos? Eso nadie lo sabe. Solo se sabe que unos caminos le gustan más que otros. Hay lugares donde la muerte no va durante muchos años, y otros en los que se presenta cada poco tiempo. ¿Por qué? Misterio. ¿Y si hiciéramos una casita pequeña en un lugar secreto del monte? ¿Podía ocurrir que la muerte tardase mucho en encontrarla, o que no la encontrase nunca? ¿Y esconderse en un hoyo o en el tueco de un árbol? ¿Qué pasaría entonces? ¿Y no habrá alguien que lleve mucho tiempo, siglos, viviendo en algún sitio desconocido por la muerte? Alrededor del fuego, la gente grande se reía. Como entonces había mucha gente mellada, las risas eran muchas pero los dientes pocos. Luego te mandaban callar, porque aquella ocurrencia servía solo para una vez, no más. «Lo poquito agrada y lo mucho enfada», recordaba alguien siempre. Pero, si aun así, tú hacías una última pregunta, o en sus tiempos Miguel o Félix Lope, ¿cuál es el mejor sitio para esconderse de la muerte?, ya no te contestaba nadie, ya todos habían vuelto a sus pensamientos insondables, los ojos hipnotizados por el chisporroteo de la lumbre. Solo la vieja a la que nadie conoce y por la que nadie pregunta tiene en el rostro la sombra dorada de una sonrisa imperceptible. Así fue siempre, durante siglos, cuando en las casas la gente se reunía toda junto al fuego.

MAXI
TUSQUETS
EDITORES